Sven Heuchert

Das Gewicht des Ganzen

SVEN HEUCHERT

DAS GEWICHT DES GANZEN

ROMAN

ULLSTEIN

Für Gauge

»The story of loss and regaining of identity is the framework, I think, of all literature.«

Northrop Frye

»The heart of another is a dark forest, always, no matter how close it has been to one's own.«

Willa Cather

1
RUSS

Die Deutsche kam im Sommer 1993 das erste Mal in meinen Laden. Ich hatte eine alte Schule gemietet. Keine Heizung. Keine Toilette. Dafür viel Platz und Ruhe. Die Blauhäher auf dem Dach waren meine Stechuhr. Wenn sie aufhörten zu singen, wusste ich, dass es Zeit war, nach Hause zu gehen.

Helen hatte mir bereits erzählt, dass die Deutsche sich bei Mac Lang in Sundridge einen Truck gekauft habe, und als ich einen schwarz glänzenden Sierra draußen auf dem Schotter parken sah, wusste ich Bescheid. Die meisten Leute waren bloß neugierig. Sie sahen das handgemalte Schild, auf dem ANTIQUES stand, hielten an und riskierten einen Blick. In der Regel Touristen. Sie kauften Kleinigkeiten, um ihre Cottages damit zu dekorieren. Ein Wilsons-Ginger-Ale-Werbeschild aus Blech, Depression glass, gerahmte Drucke der *Group of Seven*, Mützen aus Otter- oder Biberfell. Ein paar Jahre waren handgemachte Mokassins der Renner. Ich bezog sie von einer Witwe mit dem Namen Hot Needles. Leider starb sie irgendwann an Krebs.

Die Deutsche schaute sich zuerst die Teile an, die vor dem Eingang herumstanden. Pflüge aus der Pionierzeit. Die Achse einer Kutsche. Wagenräder, deren Holzspeichen im Sonnenlicht wie gebleichte Knochen aussahen. Dann kam sie durch die Eingangstür und blieb vor dem Tresen stehen, um sich die Postkarten anzusehen. Ich recherchierte gerade Preise für Münzen und beobachtete sie über die Seiten eines alten Royal-Canadian-Mint-Katalogs hinweg. Sie legte einen Loonie auf den Tresen und nahm sich eine Karte vom Ständer.

Die Algonquin glauben, dass man mit dem ersten Blick alles über einen Menschen erfährt. Ein Blick erzählt das ganze Leben. Vielleicht habe ich das aber auch gar nicht von den Algonquin, sondern in einer der Zeitschriften gelesen, die ich bei Helen hatte mitgehen lassen, wenn sie wieder etwas zu reparieren hatte, aber nichts bezahlen wollte. Sie rief nie vorher an. Sie ging über die North Pickerel bis zu meinem Haus, eine Meile Schotterpiste. Eine Meile sind tausendfünfhundert Schritte. Helen brauchte dafür eine Stunde – Arthrose und Gicht, was man so bekommt, wenn man sich im letzten Drittel befindet. In den Wäldern lebten Wölfe, Kojoten und Pumas. Um die Schwarzbären hätte ich mir an ihrer Stelle auch keine Gedanken gemacht, die sind faul und suchen lieber auf den Müllhalden nach Essensresten. Raubtiere gehen auf die Schwachen, Kranken und Langsamen, weil sie einfache Beute versprechen. Vielleicht hat Helen immer Glück gehabt. Vielleicht war ihr Fleisch aber auch schon so zäh geworden, dass es kein Tier ernsthaft in Betracht zog.

Wenn ich nicht da war, setzte sie sich auf das Fass, in dem ich vor Jahren das letzte Mal wilden Wein angesetzt hatte, und wartete. Oft kam sie nur wegen Kleinigkeiten: verstopfte Abflüsse, Defekte an der Brunnenpumpe oder ein undichtes Dach. Sie könne mir natürlich keinen Lohn für die Arbeiten zahlen, dafür ein ordentliches Essen kochen, *ich sei so schmal geworden, schon ein richtiges Skelett.* Ich lehnte stets höflich ab, denn ich wusste, wie schlecht ihre Augen geworden waren und dass sie nicht mehr so genau mitbekam, was in ihren Pfannen und Töpfen landete.

Helen bestand darauf, dass ihre Vorfahren aus Polen stammten. Meiner Meinung nach müssen es jedoch Schotten gewesen sein. Die einzige Sache, für die sie ihr Geld noch ausgab, waren Zeitschriften. Sie kaufte sie bei *Value Mart* oder *Costcos*, wenn sie jemanden gefunden hatte, der sie die fünfzig Kilometer bis nach Huntsville mitnahm. Sie kaufte gleich vier oder fünf Ausgaben und las jeden Artikel. Sie sagte, wenn sie das nicht tue, bräuchte sie die Zeitschriften gar nicht erst kaufen. Man müsse sie auslesen. Ich denke, sie meinte das genau so: *jedes verdammte Wort lesen.* Helen lebte in einem windschiefen Haus an der Pevensy Road, zog Squash im Garten und rauchte heimlich selbst gedrehte Zigaretten, obwohl Roger schon seit über zehn Jahren tot war. Sie war es auch gewesen, die Rogers altes Haus an die Deutsche verkauft hatte.

Die Deutschen, die damals in der Gegend lebten, kamen in der Regel mit einer Menge Geld. Sie kauften Häuser in guten Lagen und blieben dann unter sich. Ihr Englisch wurde auch nach dreißig Jahren nicht besser. Was weiß ich schon über die Deutschen? Ich kannte mal einen Häuptling der Ojibwe, der mit einer Deutschen verheiratet war. Die beiden lebten draußen am Lake Cecebe, saßen vor ihrem Trailer und rauchten eine Zigarette nach der anderen. Der Häuptling pflegte beste Kontakte zu den Händlern aus dem Norden, die vor allem hochwertige Felle und Waffen im Angebot haben. Vor Jahren hatte ich ihm einen alten Unterhebelrepetierer zu einem guten Preis abgekauft, das Gewehr ein wenig aufpoliert und es für mehr als das Fünffache wieder veräußert. Ich erzählte dem Käufer, einem jungen Amerikaner aus Kansas, dass mit dieser Waffe schon zahlreiche Grizzlys erlegt worden waren und sie früher einmal einem sehr berühmten Trapper gehört habe. Leider sei mir sein Name gerade entfallen.

Sie hat die Postkarte mit dem Magnetawan als Motiv ausgewählt; ein Bild vom Fluss im Sonnenuntergang, ganz malerisch und verträumt. Ich glaubte, die Deutschen bauen gute Autos und trinken gerne Bier.

2
MILLA

Die Frau blieb im Schatten der Hemlocktanne stehen und blickte den Hang hinab. Das Gestein war so rot wie frischer Lehm, die Oberfläche von Rissen durchzogen. Im Sediment eingeschlossene Blitze. Sie steckte die Hände in die Jackentaschen und ging entlang des Felsgrats, den die Einheimischen nur *the ridge* nannten.

In der Schlucht stand das ockerfarbene Rispengras hüfthoch und kräftig wie Stroh. Der Nordwind drückte die Halme nieder und zog dann weiter gen Magnetawan. Im Hintergrund das Geräusch fließenden Wassers. Der träge Strom schimmerte durch die Blätter des Zuckerahorns. Schwarze Äste trieben auf seiner Oberfläche.

Der Tritt führte sie auf eine mit Weiden bewachsene Ebene. Das Haus war von der Anhöhe aus gut zu erkennen. Ein zweistöckiger Bau mit vorgelagertem Windfang und Fenstern an der Sonnenseite. Sie wusste vom Makler, dass es von Holzfällern, die bis zur Jahrhundertwende die umliegenden Wälder ausgebeutet hatten, zuerst als provisorische Unterkunft erbaut worden war.

Sie folgte dem Weg bis zur Scheune. Das moosbewachsene Dach fiel auf einer Seite ab, Schindeln berührten den Boden. Auf dem First hockten Krähen, die stumm die Gegend beobachteten. Die Spalten zwischen den verwitterten Holzplanken waren breit wie eine Hand. Milla sah in das Innere des Haupttrakts – ein hoher, leerer Raum, an dessen Stirnseite eine Leiter zu einem Speicher führte. Auf den Dielen lagen Heuballen, das Gras farblos und vertrocknet.

Hinter dem Gebäude ein abgedeckter Traktor. Mit der Stiefelspitze schob sie die faustgroßen Steine von der Plane. Kotflügel und Teile der Haube waren durchgerostet. Die Scheiben der Fahrerkabine mit Kondenswasser beschlagen. Sämtliche Dichtungen aus den Fugen gebröckelt. Als sie die Motorhaube anhob, stieg ihr ein vertrauter Gestank in die Nase. Maschinenöl. Schmierfett. Teilereiniger. Sie rieb über die Oberfläche der Zylinderkolben, bis Grauguss zum Vorschein kam. Dann zog sie sich am Handlauf in die Fahrerkabine und ließ sich auf den Sitz fallen.

Es roch nach Schweiß und verbranntem Plastik. Stummel halb gerauchter Zigaretten auf dem Armaturenbrett. Die Frontscheibe verklebt mit toten Insekten, Erdklumpen und einer gelblichen Flüssigkeit. Sie schaute auf die Rückseite der Scheune mit dem Fundament aus dunklen Steinen. Der Lastenanhänger lehnte an der Mauer. Die Sitzstangen des Hühnerkäfigs lagen abmontiert im Gras.

Auf der Hinfahrt war sie an einer Pferdekoppel vorbeigekommen. Die Tiere standen neben dem Highway, die Köpfe gesenkt, ihre Körper vollkommen ruhig. Dann hatte sich ein Rappe aus der Gruppe gelöst, war im Galopp immer schneller geworden und fast gleichauf mit dem Auto gekommen. Sie hatte ihn beobachtet, bis er im Rückspiegel nicht mehr zu sehen gewesen war.

Die Seitenwand der Scheune spendete ihr Schatten. Sie zog die Jacke aus und hängte sie über eines der ausrangierten Fässer. Durch die vergitterten Fenster konnte sie bis in den Kellerbereich blicken. Sie öffnete die schwergängige Tür mit der Schulter. Der stechende Geruch von Ammoniak drang ihr entgegen. Dünne Federn stiegen auf und glitten durch die Luft. Schubkarren voller grauer Erde. Sensen und Schaufeln verrosteten in Ecken. Planen aus wetterfestem Material hingen an fingerdicken Nägeln. Ein niedriger Gang führte weiter in einen gewölbeartigen Raum. Es wurde düster. Rechteckige Konstruktionen aus Holzlatten, die bis unter die Decke reichten, mit Einlässen für Tränken und Futterstellen. Auf dem Lehmboden Stroh und Legemehlreste. Verästelte Sporen wucherten über den gekalkten Putz. Die Käfige waren alle leer.

Der Magnetawan teilte die dreihundert Acres in zwei Hälften. Eine dicht bewaldete Hügellandschaft auf der einen Uferseite, auf der anderen eine karge, weitläufige Ebene, durchzogen von Bachläufen und Vertiefungen.

Hinter einer Reihe Gelbbirken tat sich eine Kluft auf, das Gelände neigte sich steil Richtung Ufer. Jemand hatte ein grobfaseriges Seil um einen Baumstamm geknotet. Sie hob es auf, Schweiß tropfte aus ihrem Haaransatz und lief die Stirn hinab. Die lockere Erde unter ihren Stiefelsohlen gab bei jedem Schritt nach, sie musste sich mit der ganzen Masse ihres Körpers wieder ins Gleichgewicht balancieren.

Am Fuß des Hangs sammelte sich das Wasser in einem tiefen Kolk, wo es ruhig und ohne Strömung lag. Von der gegenüberliegenden Seite konnte sie im Morgennebel nur die Umrisse des Baumbestands erkennen. Sie ging auf die Steine am Ufer zu und legte eine Hand auf die moosige Oberfläche. Leise, fast heimlich gurgelte das Wasser durch die Hohlräume und Rinnen, die es in Jahrmillionen selbst geschaffen hatte.

Im Sand steckte eine Angel aus biegsamem Holz. Sie zog die Rute aus dem Boden und umfasste den Griff. Die Spitze neigte sich zitternd zur Wasseroberfläche.

Der süßliche Geruch der Lachse, die sie mit Johannes während der Sommer in den Räucherofen im Garten gehängt hatte. Sie saßen auf den alten Holzbänken, tranken gekühltes Flaschenbier und warteten auf die Fische. Johannes war damals schon seit über einem Jahr nicht mehr beim Friseur gewesen. Seine Haare reichten ihm auf die Schultern, der Bart bis zur Brust. Milla hatte ihn ein räudiges Wiesel genannt.

Sie stellte die Angel wieder an ihren Platz.

Das Ufer verjüngte sich. Flusswasser umspülte ihre Stiefel. Hinter der Engstelle öffnete sich eine große, trockengefallene Landzunge. Von der Hütte hatte der Makler ihr erzählt. Im Schatten von Tamarack und Schwarzfichten schmiegte sie sich unauffällig ins Gelände. Der Rahmen gezimmert aus rohen Stämmen. Das mit PVC-Folie ausgebesserte Schindeldach eingestürzt. Die hinteren Fenster mit Sperrholz vernagelt. Ein Ofenrohr ragte aus einer der Wände, die Schweißnähte mit Moos überwachsen. Über dem Eingang hing ein Schild, auf dem in roten Lettern ROGER'S SUGAR SHACK stand. An die Hütte grenzte ein Unterstand aus verschraubten Faserplatten und einem rostigen Wellblechdach. Ein Steg führte zum Wasser, die Bohlen tief in das Flussbett eingegraben. Sie streckte eine Hand aus und legte sie auf das feuchte Holz.

Auf der Stirnseite der Hütte befand sich ein Fenster, über den Rahmen war ein Moskitonetz genagelt. Unter dem Vordach stand noch ein weißer Plastikstuhl. Von diesem Punkt aus konnte sie den Fluss und beide Teile des Grundstücks überblicken. Ein süßlicher Geruch lag in der Luft. Verbrennendes Holz. Kräuter. Sie blickte das Ufer entlang. Kein Rauch. Kein offenes Feuer. Jetzt spürte sie die Kälte, die vom Wasser aus ihre Beine hinaufkroch. Sie fand die Schachtel *du Maurier* in ihrer Jackentasche und riss das Silberpapier ab. Das Zippo war ein Geschenk ihrer ehemaligen Angestellten. Sie betrachtete die Gravur: ein MAN-Lastwagen, darunter die Daten des Firmenjubiläums. Ihr kamen einige Namen in den Sinn: Jupp, Schäng, Lorenz, Pit, Marlene. Wie sie auf dem Hof vor der Spedition standen, Asche auf das Kopfsteinpflaster schnippten und ihre Thermobecher in den Händen hielten. Später der Klang warm laufender Motoren. Der ölige Geruch des Diesels das Fanal. Ab ins Fahrerhaus, Fracht auf die Straßen bringen. Ein Atlantik zwischen ihnen.

Über dem Dach Flügelschläge, ein knappes Trommeln. Schatten glitten über den Fluss. Sie sah dem Vogel hinterher, dessen Namen sie nicht kannte. Grau gefiederter Körper. Schlanker Kopf. Langer Schnabel. Sie öffnete das Feuerzeug, fuhr mit dem Daumen über das Reibrad und wartete auf die Flamme. Ihre erste Zigarette seit Monaten. Das Gefühl, wie sich der Mund allmählich mit Rauch füllt. Sie rauchte langsam, Zug um Zug.

Dann das Geräusch von Wasser, das verdrängt wird; etwas näherte sich auf dem Fluss. Als sie die Zigarette aus dem Mundwinkel nahm, fiel der Aschekegel auf ihren Hemdkragen. Sie blieb am Ende des Stegs stehen. Im grobkörnigen Nebel tauchte die Spitze eines Kanus auf. Der Junge paddelte mit abwechselnden Zügen, ein geschmeidiges Zusammenspiel von Schulter, Arm und Auge. Das Kanu passierte den Steg. Einen Augenblick lang geschah nichts. Dann hob der Junge das Blatt des Paddels aus dem Wasser, ließ das Kanu durch das Wasser gleiten und winkte mit einer Hand. Milla erwiderte den Gruß. Der Junge lächelte und begann wieder zu paddeln. Sie sah ihm hinterher, bis er hinter einer Biegung verschwunden war. Letzte Linien im Wasser.

Das Haus am Ende des langen Feldes. Eine letzte Anstrengung. Durch Weidegras und knöcheltiefes Stauwasser. Keine Hast, keine Unruhe in ihr. Sie dachte an den Rappen. Jede Sehne angespannt. Die Bewegungen der Muskeln unter glänzendem Fell.

Sie hielt sich am Geländer der Steintreppe fest und setzte sich auf die oberste Stufe. Vögel mit leuchtend blauen Federn landeten in den Ästen eines krumm gewachsenen Apfelbaums, der unweit der Scheune stand. Sie hielten es nie lange auf einer Stelle aus, saßen immer nur kurz auf einem Ast und flogen dann wieder davon.

3
MILLA

Warum trage ich diese Jacke? Meine alte Jacke mit den tiefen Taschen, die stinkt nach Altöl, die hat schon immer nach Altöl gestunken, und da sind Brandlöcher am Kragen. Damals immer Zigarette hinterm Steuer, ich bin mal bis nach Paris mit einer nicht angezündeten Stuyvesant zwischen den Lippen, das war, als ich noch selbst gefahren bin. Und richtige Männer haben die ja in Frankreich, Gabin, Belmondo, Delon, ich hab die Filme mit meinem Vater geguckt, als ich noch klein war, meistens an den Sonntagnachmittagen, wenn's in der Spedition nichts mehr zu tun gab, auf dem alten Schwarz-Weiß-Fernseher in der Küche, wir beide auf der Eckbank, und er rauchte und trank schwarzen Kaffee, verlängert mit Kirsch oder Cognac.

Wenn du fährst, ist es ein anderes Leben. Sechs Gänge auf dem Hebel, drei Gänge aus dem Hauptgetriebe und dann noch die Verdoppelung, kleine Gruppe, große Gruppe, Schalter unten, Gang eins bis drei, Schalter oben, Gang vier bis sechs, dann Splitgruppe, damit verdoppelst du die Gänge, erster Gang klein, erster Gang groß, in den zweiten Gang klein, Splitschalter nach unten, Hebel in der Schaltgasse in den zweiten Gang und Kupplung kommen lassen, und wenn du verschleißarm fahren willst, erster Gang groß und direkt hochschalten. Auf die Bahn vor der Dämmerung, in den Tag hinein, du siehst, wie's hell wird, lauwarmer Kaffee aus der Thermos und 's Radio an, Musik hält dich wach, ich bin mal im Halbschlaf bis rauf nach Flensburg, hab sogar 'n Anhalter mitgenommen, der hielt an irgendeiner Raststätte den Daumen raus, und ich dachte, bisschen Gesellschaft kann nicht schaden, an den kann ich mich erinnern, aber wie ich nach Flensburg gekommen bin? Und dann stand ich da, Frachtpapiere in der Hand und von sonst nichts mehr eine Ahnung.

Dieses Land riecht wie frisches Sägemehl, wie in der Werkstatt meines Bruders, dem Dirk, wenn die Hitze im Sommer bis unters Dach steigt. Ich wusste, du kannst ein Land nur richtig kennenlernen, wenn du bis in die letzten Ecken fährst, über jede Straße, und genau so war das auch hier. Kanada ist groß, das kannst du dir kaum vorstellen, man begreift das nicht, erst wenn du's mit eigenen Augen siehst.

Mein Vater sagte immer, das Wichtigste ist ein gutes Fahrzeug. Unser Haus lag am Ende eines Hohlwegs hinter einem Meiler bei Vierheilig, die Straße war nicht asphaltiert und abschüssig, und ohne ein vernünftiges Fahrzeug bist du nicht aus dem Tal rausgekommen, so einfach war das. Er hat mir früh beigebracht, wie man Schneeketten anlegt, obwohl es im Rheinland nie harte Winter gab, vielleicht mal ein bisschen tiefen Matsch, aber ihm war das wichtig, ihm war wichtig, dass ich wusste, wie man das macht. *Dann brauchst du keinem Danke* sagen, war eine seiner Weisheiten, und daran habe ich mich auch später gehalten.

Ich bin stundenlang nur geradeaus gefahren, so kommt es mir jedenfalls vor, hoch in den Norden, am Lake Nipissing und Sudbury vorbei bis nach Timmins und noch weiter. Das Land ist dort anders. Man spürt, dass da noch etwas ist, draußen in der Kälte, und in den Wäldern, doch man sieht es nicht, man sieht es nie.

Ich bin in Motels abgestiegen, in billigen Zimmern mit durchgelegenen Matratzen und alten Farbfernsehern, das hat sich richtig angefühlt, und es hat mich an früher erinnert, allein aufm Bock und Kilometer fressen, den Dieselgeruch in der Nase. Und an das Alleinsein, wenn es dunkel wird und du schlafen willst, aber nicht kannst, dann liegst du wach rum und starrst in die Nacht, und da ist niemand, niemand, mit dem du reden kannst, niemand, der neben dir atmet, den du hörst, den du spürst, von dem du weißt, dass er da ist, wirklich da ist, nicht nur in Gedanken. Gibt einen Unterschied zwischen Einsamkeit und Alleinsein, der ist nicht leicht zu erkennen.

Aber irgendwann hast du genug Asphalt gesehen, der Norden ist ein Traum, aus dem man nie aufwacht, also bin ich zurückgefahren, eine Nacht und einen Tag, ich habe nur an einer Tankstelle gehalten und für ein paar Stunden die Augen zugemacht.

4
RUSS

Ich wurde vor 200 Jahren im glasklaren Wasser des Roblin Lake geboren und bin von allein ans Ufer gekrochen. Meine Mutter erzählte jedem, der es hören wollte, dass meine Haare bei meiner Geburt blau gewesen waren.

Mein Großvater hieß Paul, ein Nachkomme englischer Kolonisten. Er wurde in einer kleinen Stadt an der Mündung des Trent River geboren, der im Ontariosee aufgeht und den die Mississauga als *Sangichiwigewonk* kannten, was so viel wie schnelles Fließen bedeutet. Nach der Schule begann er bei Adanac zu arbeiten, Kanadas erstem offiziellen Filmstudio, wo er die fertig entwickelten Rollen beschriftete und aus dem Archiv ins ganze Land verschickte.

Ein paar Jahre später nahm er eine gut bezahlte Tätigkeit in der nahe gelegenen Munitionsfertigung der *British Chemical Company* an. Dort stand er am Ende einer langen Tischreihe und verpackte Munition. Immer fünf Patronen in einen Ladestreifen, drei dieser Streifen in ein Päckchen. An Thanksgiving des Jahres 1918 explodierte die Fabrik. Eine fehlerhafte chemische Reaktion war der Grund. Von offizieller Seite wurde zwar verlautbart, dass es keine Todesopfer zu beklagen gebe, doch zwanzig Arbeiter holten ihren ausstehenden Lohn niemals ab.

Nach diesem Thanksgiving ging Paul keiner geregelten Arbeit mehr nach. In manchen Sommern zog es ihn bis nach Neuengland, wo er bei Krabbenfischern anheuerte, dann in den hohen Norden, in einsame, von der Zivilisation abgeschnittene Camps, wo er mächtige Bäume von Hand fällte. Nach allem, was ich gehört habe, war er ein ziemlicher Trinker und hatte Schlag bei den Frauen. In seinen frühen Dreißigern wurden die Magengeschwüre chronisch. Nach einer Operation am Zwölffingerdarm spuckte er Unmengen Blut und starb drei Wochen später an Sepsis, schwängerte vorher jedoch noch eine gerade volljährig gewordene Krankenschwester namens Lita. Sie taten es in der Abstellkammer neben dem Krankenbett, nicht im Bett! – die Geschichte seiner Zeugung erwähnte Lita meinem Vater gegenüber mehrfach, als sei das auf eine seltsame Art bedeutsam.

Mein Vater erzählte viel, aber nur selten über seine Kindheit. Wenn es gar nicht anders ging, erfand er Lügen, die er mir gegenüber *weiße Lügen* nannte und die einen nicht gleich in die Hölle brächten. Es seien keine Lügen im herkömmlichen Sinne, sondern einfach verschiedene Wahrheiten, manche davon eben wahrer als andere. Sie schaden keinem, weder dem, der sie erzählt, noch dem, der sie erzählt bekommt. Die Leute interessiere sowieso nie, was wirklich passiert ist, sie seien einfach nur neugierig, und Neugier wäre neben Stolz die größte Sünde. Ein Mann spricht nicht über erlittene Demütigungen.

Meine Großmutter habe ich nie kennengelernt. Sie starb mit Anfang vierzig an einer seltenen Nervenerkrankung. Ich kenne sie nur von einer Fotografie, einem vergilbten Handabzug, den mein Vater in seiner Ledermappe mit sich führte. In diese Mappe notierte er Adressen und Telefonnummern seiner Kunden und Geschäftspartner. Das Foto klebte unter dem Pergament des Einschlags, man sah es nicht aus Zufall. Auf dem Foto war sie Mitte zwanzig. Sie mag jung an Jahren gewesen sein, doch ihrem Gesicht fehlte jede Jugendlichkeit. Es war das Gesicht einer alten Person, müde und erschöpft. Die Scham, einen Bastard großzuziehen, hat sie erledigt, sagte mein Vater, milde und redselig geworden, weil er wusste, wie lange er mit dem Tumor an seiner Bauchspeicheldrüse noch zu leben hatte.

Meine Mutter wuchs in einem Vorort von Calgary auf, einer Gegend, die vor allem für den *Chinook* bekannt ist – ein starker, trockener und warmer Wind, der die Temperaturen in wenigen Stunden drastisch verändern, mitten im Winter einen Sommertag entstehen lassen kann. Sie hatte sechs Geschwister. Die Mutter schuftete in einer Fabrik für Teppiche. Der Vater war ein Trinker, der manchmal Arbeit auf den Ölfeldern fand. Meine Mutter riss von zu Hause aus, als sie dreizehn Jahre alt war. Ein nichtsnutziger Vater, hungernde Geschwister und die Ohnmacht in den Augen der Mutter. Manchmal wünsche ich mir, dass sie gegangen ist, um es allen anderen leichter zu machen. Ein Maul weniger zu stopfen. Die Wahrheit ist eine andere. Manchmal will man die Wahrheit einfach nicht hören.

Es gibt nicht viel, was meine Mutter nicht gemacht hat, um zu überleben. Sie hat auf Weizenfarmen und in Kaffeeröstereien gearbeitet, am Fließband gestanden und Werkteile im Akkord zusammengeschweißt. Sie hat in jedem Roadhouse entlang der Grenze serviert, geputzt und gekocht. Ich kann sehen, wie sie im Halblicht einer nach Sprit und Schweiß stinkenden Küche steht, ihr Haar im Nacken hochgebunden, Spiegeleier in der Pfanne wendet und darüber nachdenkt, ob es das schon gewesen ist, während alte Männer am Tresen sitzen, in ihren dünnen Orangensaft starren und sich diese Frage längst beantwortet haben.

Sie hat meinen Vater das erste Mal in einem Diner getroffen, der an einer der vielen Ausfallstraßen lag, die von Toronto ins Herz Ontarios führen. Er hatte während der Erntesaison als Tagelöhner auf den Kartoffelfeldern gearbeitet und befand sich auf dem Weg nach Muskoka mit der vagen Idee, sein Geld mit dem Anstreichen von Cottages zu verdienen. Heute steht an der Stelle des Diners ein umgebauter Eisenbahnwagen, in dem sie Hamburger servieren. Damals war es nur ein Schuppen am Straßenrand, wo die Fahrgäste des *Northlander* während einer der Pausen Instantkaffee und vertrocknete apple fritter kaufen konnten. *Der erste Eindruck ist immer die Wahrheit* war eine der Weisheiten meiner Mutter. Sie heirateten ein paar Monate nachdem sie sich kennengelernt hatten.

Meine früheste Erinnerung von dieser Welt ist das kühle Wasser des Roblin Lake, wie mein Vater mich mit Fingerspitzen trägt, ich auf der Oberfläche schwebe. Der Geruch des Grases, das am Ufer wächst, üppig und grün. Der Anblick der Schildkröten, die mit dunklen Augen in der Sonne liegen, so unbeweglich wie Steine. Kurz nach der Hochzeit ließen sich meine Eltern in Ameliasburgh nieder, einer abgelegenen Gemeinde im Prince Edward County, das fast gänzlich vom Ontariosee umgeben wird. Flaches Land mit fruchtbarer Erde, das bis heute von kleinteiliger Landwirtschaft geprägt ist. Sie kauften eine günstige Parzelle am See, im Schatten zwischen Schwarznuss und Chinquapin, das Wasser und die Weite des Himmels im Blick. Ich wurde lange vor Einführung des Farbfernsehens geboren.

Mein Vater baute aus Holz, das er manchmal legal erwarb und manchmal von nahe gelegenen Baustellen klaute, ein Haus in der klassischen Form eines großen A – das Dach mit langen, bis auf den Boden reichenden Schenkeln. Er verstand nicht viel vom Hausbau, deswegen wurde es rasch zu einer andauernden Unternehmung. Undichte Stellen im Boden. Schimmelbildung. Mangelnde Isolierung. Es gab immer etwas zu reparieren. Ich sehe meinen Vater bis heute vor mir, wie er auf einer Leiter steht, Pinsel oder Hammer in der Hand, dabei diesen bestimmten Ausdruck im Gesicht, eine Mischung aus Angst und Ahnungslosigkeit. Vielleicht war er nicht imstande, einen Nagel gerade in die Wand zu schlagen, dafür besaß er die Gabe, aus den einfachsten Zutaten ein Festmahl zuzubereiten. Er legte rohe PEI-Kartoffeln auf den Grill, schnitt Zwiebeln in hauchdünne Scheiben und glasierte sie in einer Pfanne mit Butter, gab gehackten Thymian und einen Löffel Ahornsirup dazu, ließ alles auf kleiner Flamme köcheln, bis die Sauce karamellisierte, und goss sie anschließend über die Kartoffeln. Währenddessen summte er Songs von Wilf Carter und nippte an einem starken Drink. Die erdige Würze der gegrillten Kartoffeln, die Süße der Zwiebeln, dazu die milde Schärfe des Thymians. Wenn ich an meine Kindheit zurückdenke, dann habe ich diesen Geschmack im Mund.

Bald nach dem Umzug fand er Arbeit im Camp Picton, einer Militärbasis der RCAF, die nach dem Zweiten Weltkrieg zu einem Trainingszentrum für Piloten umfunktioniert worden war. Dort übernahm er Hausmeistertätigkeiten und half in der Kantine aus. Irgendwann stieß er in einer Lagerhalle auf eine Pappschachtel voller fabrikneuer Abzeichen der Hasty P's und brachte eine Handvoll davon mit nach Hause. Jahre später erzählte er mir, dass er schon damals gewusst habe, dass diese Abzeichen irgendwann jemandem eine Menge Geld wert sein würden.

Er war kein schöner Mann. Klein, untersetzt, mit einem runden Kopf, Knopfaugen und feinen Haaren. Er trug einen Schnäuzer, der nie dicht wurde, egal wie sehr er ihn auch pflegte. Eine fast haarlose Linie über der Lippe blieb immer. Seine Haut war empfindlich gegenüber Sonnenlicht und so dünn, dass man zu jeder Tageszeit die Äderchen sehen konnte; verästelte, rote Netze auf beiden Wangen. Er schwitzte leicht. Seine Finger waren kurz und dick. Mein Vater wirkte stets wie jemand, der nur rein zufällig anwesend ist.

Da war etwas in den Blicken anderer Menschen, wenn sie ihn mit meiner Mutter auf der Straße oder in einem Geschäft sahen, das ich schon als kleines Kind verstand. Erstaunen, Missgunst, auch Mitleid. Ein Mann wie mein Vater, eine Frau wie meine Mutter. Sie verstanden es nicht. Meine Mutter hatte etwas, das alle begehrten, Männer wie Frauen. Sie hatte ein Geheimnis. Wenn sie vor dem Spiegel stand und sich die Haare kämmte, mit langsamen, langen Strichen, immer wieder von der Stirn abwärts bis auf die Schultern, dann war das keine alltägliche Angelegenheit, sondern Magie. Manche würden sagen: Hexerei. Jede noch so kleine Bewegung, jeder Lidschlag, jedes Lächeln war ein Ereignis. Aber was wusste ich schon davon? Sie war meine Mutter. Sie streichelte mir jeden Abend über den Kopf und summte Melodien aus dem Radio, bis ich eingeschlafen war. Ich begriff es erst sehr viel später. Sie vereinte beides, das schwarze Herz und das neugierige Kind. Feuer und Unschuld.

Schon damals, als sie sich gerade erst kennengelernt hatten, kam mein Vater jeden Morgen in den Diner, in dem meine Mutter arbeitete, bestellte eine Tasse Kaffee, und wenn er wieder ging, ließ er ein gefaltetes Stück Papier für sie auf dem Unterteller liegen. Auf diesen Kassibern stand jeweils nur ein einziges Wort. Er schrieb ihr selbst an dem Morgen, an dem sie ihn endgültig verließ.

Sie hat alle Briefe in einer Holzbox aufbewahrt, ich habe sie nach dem Tod meines Vaters in ihrem alten Nachtschrank gefunden. Seine Schrift ungelenk wie die eines Kleinkinds. Tausende Stückchen Papier. Sie hat sie einfach dort gelassen, vergessen in einer Schatulle.

Ich schwamm jeden Tag im Roblin Lake. Es ist ein kleiner, nicht sehr tiefer See. Altes Wasser in einem von Gletschern zurückgelassenen Becken, das einst mit dem Ontariosee in

Verbindung gestanden hatte. Im Winter fraß ich mich durch die dicke Eisschicht und tauchte hinab in die Senken, wo Felsenbarsche und Hechte zu Milchnern werden und ihre Kämpfe austragen. Ich erinnere mich an das im Wind knarrende Haus und die Stille der Morgendämmerung, wenn Nebel über dem Gras waberte und alles im Ungewissen lag. Im Sommer wurde Minuten zu Tagen, und es gab nichts anderes zu tun, als Schildkröten auf einem Stück Treibholz zu beobachten. Du liegst am Ufer und starrst in die Wolken, und in allem liegt deine Vorstellung. Die Wolken werden zu einem Grizzly oder zu Onkel Chichimus.

Zur Schule ging ich auch. Manchmal ist da noch ein Name oder ein Gesicht. Der Geruch des Klassenzimmers. Staub und nasse Kreide. Oh Kanada! Gemurmelte Gebete. Ich saß in der hintersten Reihe und sah auf die Köpfe der anderen Kinder, auf ihre sorgfältig gekämmten Haare. Das laute Durcheinander der Stimmen. Meistens schwieg ich. Ein Junge mit dem Namen Nootau bekam regelmäßig seinen Mund mit Seife ausgewaschen, weil er versehentlich Wörter in Cree sprach.

Das erste Abzeichen der Hasty P's verkaufte mein Vater an einen jungen Mann namens David, der aus Belleville stammte und im Westen des Countys Wein anbaute. Sie lernten sich bei einer Farm-Auktion in Trenton kennen und tranken danach im Quinte Hotel noch gemeinsam ein paar Singapore Slings. Davids Vater war bei der Schlacht von Assoro gefallen, eine deutsche 88-Millimeter-Granate war neben dem Geschützstand eingeschlagen und hatte ihn zerfetzt. Er kannte ihn nur aus Erzählungen. Es gab Fotografien und posthum verliehene

Orden, doch das reichte ihm nicht als würdevolles Andenken. Mein Vater erzählte ihm nicht gleich von den Abzeichen. Er lenkte das Gespräch geschickt darauf und beendete es mit einer seiner weißen Lügen. Manchmal möchte man an etwas glauben, weil es sich richtig anfühlt. David fragte nie, auf welchem Weg mein Vater an diese Abzeichen gekommen war. Es spielte keine Rolle. Er war seinem Vater dadurch ein Stück nähergekommen. Der Wert einer Sache bemisst sich vor allem durch ihre Geschichte. In guten Geschichten geht es selten um die Wahrheit.

Meine Mutter putzte währenddessen Zimmer in einem neu eröffneten Hotel in Picton und kümmerte sich auch um die Wäsche. Die kleine Stadt im Südwesten des Countys begann sich damals gerade zu einer Touristenattraktion zu entwickeln. Die originalgetreue Replika des Crystal Palace. Ein historischer Stadtkern, der mit gut sortierten Geschäften alles an Waren bot. Das altehrwürdige Regent Theatre, in dem samstagabends Filme und Programme gezeigt wurden. Ein Idyll, keine zweihundert Kilometer von Toronto entfernt. Die Leute aus der Metropole brachten das Geld, und mit dem Geld kam eine gewisse Leichtigkeit.

Meine Mutter blieb immer länger in dem Hotel, um noch Dinge zu erledigen, die man nicht aufschieben konnte. *Wir können das Geld gebrauchen.* Dann kam sie nur alle paar Tage nach Hause. Irgendwann kam sie gar nicht mehr. Ich war alt genug. Mein Vater musste es mir nicht erklären. Sie ging mit einem Architekten nach Toronto, wo dieser ein gut gehendes Büro und ein modernes Stadthaus besaß. Viele Jahre später hat sie versucht, mir in einem Brief zu erklären, warum sie uns ohne ein Wort verlassen hatte. Ich habe den Brief verbrannt, ohne ihn gelesen zu haben. Meine Mutter starb mittellos in einem Frauenhaus. Der Staat zahlte für ihre Beerdigung.

Ein wenig Sicherheit und Vertrauen, vielleicht ist das schon Liebe. Mein Vater hat nie wieder von ihr gesprochen. Doch als er später Tausende von Kilometern durchs ganze Land fuhr, schickte er regelmäßig Briefe nach Hause, meistens von Tankstellen, an denen er nur angehalten hatte, um rasch ein Sandwich zu essen oder den Truck vollzutanken. Er hat immer daran geglaubt, dass sie eines Tages zurückkehrt.

Ich verließ die Schule, als ich vierzehn Jahre alt wurde, und zog mit meinem Vater durch die Provinzen, manchmal sogar bis an die Ostküste. Wir besuchten jede gottverdammte Auktion, jeden Flohmarkt und jeden *garage sale*. Er kaufte nur Dinge an, die sich mit ein wenig Arbeit und einer guten Geschichte schnell wieder verkaufen ließen. Einige Jahre später verließen wir Edward County und zogen nach Gravenhurst, wo wir eine Lagerhalle und ein Ladengeschäft anmieteten. Muskoka wurde schon damals von reichen Städtern überrannt. Und sie alle benötigten noch das ein oder andere authentische Extra für ihre Cottages.

Wir verbrachten zwar viel Zeit miteinander, doch im Grunde blieb mein Vater ein Fremder für mich. Wir sprachen selten über etwas anderes als das Geschäft. Er mochte Countrymusik und mixte seinen *Old Grand Dad* mit Moxie. Die meiste Zeit saß er in der Werkstatt und rauchte Kette. Wenn ein Kunde

Interesse zeigte, dann wurde aus einem gewöhnlichen Mahagonischrank ein edwardianisches Möbelstück von *Allen & Appleyard*. Nach zwanzig Jahren verkaufte er das Geschäft an einen Amerikaner und zahlte mich aus. Die Leute hatten aufgehört, seinen Geschichten zu glauben. Vielleicht haben sie ihm auch nie geglaubt.

Er zog in einen Trailer in der Nähe der Lake of Bays, ein Platz gleich an der Wasserfront. Dort blieb er, bis die warmen Tage vorüber waren. In den Wintern mietete er sich eine der zahlreichen Lodges und lag stundenlang im heißen Badewasser. In seinen letzten Jahren zähmte er zwei Gänse und hielt sie sich als Haustiere. Er wurde keine sechzig Jahre alt.

Viel mehr kann ich nicht über mich erzählen. Die Welt bietet uns Hoffnung oder absolut nichts an.

5
MILLA

Das Geheul der Kojoten weckte sie. Sie starrte in die Dunkelheit und fühlte für einen Moment der Schwere des traumlosen Schlafs nach. Dann schlug sie die Decke zur Seite. Ihre Hose lag auf dem einzigen Stuhl im Raum. Sie zog ein frisches Hemd über und suchte nach den Zigaretten.

Unten in der Küche nahm sie ein paar trockene Holzscheite aus dem Korb, schichtete sie in der Brennkammer übereinander und entfachte das Feuer mit einem langen Streichholz.

Das Wasser aus dem Hahn war eiskalt. Sie füllte einen gusseisernen Topf und stellte ihn auf eine der Herdplatten. Das Metall begann, sich unter der Hitze leise knisternd auszudehnen. Sie blickte aus dem Fenster über der Spüle auf die windstille Seite des Hauses. Mondlicht erhellte die Felder bis zum Waldrand. Zwischen den Bäumen gelblich funkelnde Augenpaare.

Das Tier trat aus dem Dunkel wie ein Geist. Es bewegte sich langsam im Schatten, den Körper flach über den Boden geduckt. Sie legte die Stirn auf das Fensterglas, ihr Atem kondensierte auf der Scheibe. Der Kojote nahm Witterung auf. Feuer knackte im Ofen. Wasser kochte im Topf. Das Tier verschwand wieder in der Dunkelheit.

Sie goss noch warme Milch in den Kaffee und setzte sich dann mit der Tasse an den Küchentisch. Auf den Schindeln der Scheune letzter Frost. Sie stellte die Tasse auf den Ofenrand und kreiste in der *Almaguin News* Wörter ein, die sie noch nicht kannte. Als die Sonne schließlich über den Bäumen stand, zog sie ihre Jacke an und suchte im Windfang nach Arbeitshandschuhen.

Auf dem Scheunendach die Krähen, denen sie stumm zunickte. Sie öffnete sämtliche Gitterfenster, räumte die Werkzeuge in eine Ecke des Kellers und kippte das brackige Wasser aus den Fässern ins angrenzende Buschwerk. Im Schatten der Föhren machte sie Pause und zündete sich eine Zigarette an, doch der heiße Rauch brannte nur auf ihrer trockenen Zunge. Sie löschte die halb gerauchte Kippe in einem der Eimer und ging zurück zum Haus.

In der Küche fachte sie das Feuer wieder an, würfelte Zwiebeln, Tomaten und Gurken, briet Hüftsteaks in gesalzener Butter und ließ das überschüssige Fett auf einem Stück Küchenpapier abtropfen. Die Steaks waren groß, mit daumendickem Fettrand. Saft und wässriges Blut traten aus den Poren. Sie kaute langsam, aß den Knorpel mit und saugte das Mark aus den Knochen.

Das Geschirr ließ sie auf dem Tisch stehen und setzte frisches Kaffeewasser auf. Als sie sich über das Treppengeländer beugte, um die Zigaretten aus ihrer Jackentasche zu holen, löste sich eine der Stufendielen. Ein Spalt entlang der Fuge, darunter Fasern eines hellbraunen Materials. In dem Hohlraum lag ein fest mit Kordel umwickelter Leinenbeutel. Die Treppe führte in eine ehemalige Vorratskammer auf einer der Halbetagen. Der Raum war bis auf einen alten Metallschrank leer. Sie legte eine Hand auf den Beutel, öffnete den Knoten und zog am Ende der Kordeln. Etwas Dunkles, Schweres glitt aus dem Beutel und blieb auf der untersten Stufe liegen.

Sie hob den Revolver vom Boden auf, legte ihn auf die Tischplatte und drehte den Lauf Richtung Fenster. Im unteren Drittel des Beutels stand in schwarzen Kapitalen *Burkett Timber, Michigan*. Kein Datum. Keine Jahreszahl. An der beschlagenen Scheibe lehnte die Postkarte, die sie gestern in dem Antiquitätenladen gekauft hatte. Rückseite und Adressfeld immer noch leer. Sie nahm den Kugelschreiber und schrieb *West Germany* auf die untere Linie. Als sie aus dem Fenster blickte, waren die Krähen verschwunden.

Die Häuser entlang der Straße zwischen dicht stehenden Bäumen kaum zu erkennen. Zufällige Anhäufungen von Dingen auf den Grundstücken. Ausgeschlachtete Automobile, aus deren Motorhauben Unkraut wuchs. Löchrige Regenwassertonnen. Generationen von Gegenständen, abgelegt von Vätern, Müttern, Söhnen und Töchtern. Vergessen und den Elementen preisgegeben. Die alte Schule kam in Sichtweite. Ein rechteckiger Bau mit Kabinett und Satteldach, die Farbe abgeblättert, das Holz durch die Witterung grau geworden.

Sie nahm den Leinenbeutel vom Beifahrersitz. Durch das mit Handabdrücken verschmierte Fenster sah sie den Mann, wie er hinter dem Tisch saß, die Beine auf einen Schemel gelegt, vor sich einen aufgeschlagenen Katalog. Im Eingang der strenge Geruch von Terpentin. Die Kammern vollgestellt mit kleineren Möbelstücken. Auf einem flachen Tisch staubige Kuchenplatten, Reihen von leeren Parfüm- und Getränkeflaschen.

Sie klopfte gegen den Türrahmen. Der Mann schmatzte leise und sah über den Katalog hinweg.

»Noch eine von den Postkarten?«

»Nein«, sagte Milla und legte den Leinenbeutel auf die Theke.

»Ist da irgendwas drin, das tot am Straßenrand gelegen hat?«

»Ein Revolver.«

»Ich nehme mal an, auch der lag nicht am Straßenrand?«

»Unter einer Treppe.«

Der Mann nahm die Füße vom Schemel. »Rogers altes Haus?«

»River Road.«

Er zog den Revolver aus dem Beutel, hob ihn gegen das Licht und öffnete die Trommel mit einer Bewegung seines Daumens. »New Service, .455 Eley«, sagte er und kippte die Patronen auf die Theke. »Die muss ein Logger vergessen haben. Roger hat keine Waffe unter der Treppe versteckt.« Er fuhr mit dem Zeigefinger über den Lauf des Revolvers und tippte gegen den Abzug. »Dreihundert Acres. Ist ein verdammt großes Stück Land.«

Milla schüttelte den Kopf.

»Sie könnten auf der Range in South River ein paar Schüsse abgeben, um ein Gefühl dafür zu bekommen«, sagte der Mann und blickte aus dem Fenster. »Ist 'n guter Wagen, den Sie da haben.«

»Ein gutes Fahrzeug ist das Wichtigste.«

»Mit 'nem Bimmer hätten Sie Schwierigkeiten bekommen. Sind einfach nicht für das Klima gemacht.«

»Bimmer?«

»BMW«, sagte der Mann und legte seine Hand auf den Revolver. »Sie sollten ihn wirklich behalten.«

Milla berührte den Leinenbeutel. »Können Sie damit etwas anfangen?«

»Bleiben Sie über den Winter?« Er nahm eine Patrone in die Hand und drehte sie zwischen den Fingern hin und her. »Im Winter bleiben nur die, die bleiben müssen. Fünfzig Dollar, wenn Sie ihn wirklich loswerden wollen.«

Die Dämmerung setzte ein. Sie nahm eine Flasche Bier aus dem Kühlschrank und steckte sich die Schachtel Zigaretten in die Hemdtasche. Wind strich über die Ebene. Alles befand sich in letzter Bewegung. In allem befand sich große Müdigkeit. Die späten Stunden dämpften jedes Geräusch.

Der Plastikstuhl knarrte unter ihrem Gewicht. Der Fluss hatte seine Farbe zu einem erdigen Grünbraun verändert. Im späten Licht rückte die Wildnis näher an sie heran. Die Grenzen von Leib und Erde verwischten. Etwas Altes wuchs zusammen. Sie öffnete das Bier und trank einen Schluck. Das Band aus Sternen über ihr. Die Adern des Nachthimmels. Ein leuchtender

Riss im Firmament. Sie hatte die Milchstraße noch nie zuvor gesehen.

Später lag sie auf dem Bett, die Klamotten klebten auf ihrer Haut. Saurer Schweiß. Feuchte Erde. Sie war zu müde, um sich zu waschen. Sie drehte den Kopf zur Seite und starrte an die Wand, bis ihr Blick verschwamm.

6
MILLA

Ich mochte Wasser schon immer, Flüsse, Seen, das Meer. Ich weiß noch, wie ich als kleines Kind immer am Mühlengraben stand, auf der alten Holzbrücke, und unter mir floss die Sieg. Mein Vater ist da oft in eine Kneipe gegangen, die lag gleich um die Ecke von der Spedition, im Sommer saßen die alle draußen und haben Skat gekloppt, und von da konnte der mich immer noch sehen, also hat er's mir erlaubt, und dann stand ich da und hab aufs Wasser runtergeschaut. Heute weiß ich nicht mal mehr, ob's wirklich das Wasser war, vielleicht mochte ich auch einfach Brücken, weil wenn du auf einer Brücke stehst, musst du dich nicht gleich entscheiden, du kannst in die eine Richtung gehen und auch in die andere. Oder einfach stehen bleiben, dich gar nicht bewegen, das geht ja auch.

Manche Sachen gibst du weiter. Der Hannes mochte auch Brücken, Brücken und Wasser, das gehörte für ihn zusammen, und einmal hat er mir sogar erzählt, er habe geträumt, unter der Autobahnbrücke am Stallberg wäre keine Straße mehr, sondern ein Fluss, und all die Autos und Lkws und Motorräder würden unter Wasser fahren, und dann wäre alles so ruhig und still wie an einem See.

Ich weiß gar nicht, wann das angefangen hat. Vielleicht in Dänemark, da waren wir ja oft, oder an der Ostsee, mit dem Wohnmobil, Remi ist immer gefahren, weil er meinte, ich sei in meinem Leben schon genug gefahren. Hannes war da neun oder zehn, glaube ich, er durfte da schon eine Menge Sachen allein machen, ich habe ihm vertraut, wir haben ihm vertraut, er ist dann allein über die Promenade und ans Ufer, da hat er Steine und Muscheln gesammelt, die hat er mitgebracht und so kleine Sachen draus gebastelt, von denen nur er wusste, was sie genau waren, das hat er sonst keinem verraten, das blieb sein Geheimnis. Er kroch am Vorzelt unter den Wohnwagen und blieb dann stundenlang in seiner Höhle. Da war etwas mit Fischen, an das ich mich erinnere, an das ich mich genau erinnere, wir sind abends oft spazieren gegangen bis zu einem der Felsen, auf dem standen immer Angler, und der Hannes hat zugesehen, jeden Abend hat er zugesehen, wie sie ihre Köder vorbereiten und auswerfen, wie sie die Fische rausholen und ausnehmen, er hat alles genau beobachtet, jeden Handgriff. In der zweiten Woche haben wir ihm auch so eine kleine Angel gekauft, und danach haben wir den fast gar nicht mehr zu Gesicht bekommen, da war er nur noch unterwegs, doch eins ist mir gleich aufgefallen – der Hannes stand nicht auf dem Felsen bei den anderen Anglern, der stand an einem der langen Piere und hat in der Brandung geangelt, die Vorfächer hat er sich selbst zusammengebaut, das hatte er sich bei den Männern abgeguckt, die haben ihn auch mitgenommen raus ins Watt, wo sie Würmer geplümpert haben, Hannes hat die schlappen gekriegt oder die mit weichem Kopf und manchmal auch ein paar gute. Er hat jeden Tag auf dem Pier gestanden und nie was gefangen, bis zum letzten Tag, als wir schon fast alles abgebaut hatten, da hat er einen Plattfisch am Haken, das war ein richtiger Kampf, aber Hannes hat ihn dann doch aus dem Wasser geholt. Ein Stich hinter die Kiemen und danach hat er ihn selbst ausgenommen. Remi musste den Fisch noch grillen, wir haben das weiße Fleisch mit den Fingern gegessen. Nachher habe ich den Standplatz aufgeräumt und die Bauten vom Hannes gefunden, die Hügel aus Muschelschalen und Steinen, und beim Zusammenfegen ist mir aufgefallen, dass da drin Teile von toten Fischen versteckt waren, und im ersten Moment konnte ich das gar nicht glauben, ich dachte nur, das kann doch nicht wahr sein, ich hab natürlich sofort den Hannes gerufen und ihn zur Rede gestellt, was das soll und warum er das gemacht hat. Die Seelen der Fische würden in den Herzen weiterleben, hat er geantwortet, und mit den Augen, da könnten sie in der Dunkelheit sehen. Ich wusste nicht, was ich davon halten soll, was sind das für Gedanken?, wie kommt ein Kind auf so Ideen?, das habe ich mich gefragt, dem Remi hab ich davon erst einmal nichts erzählt, erst ein paar Tage später dann, als es mir gar nicht mehr aus dem Sinn ging, und da meinte Remi nur, wir wissen halt nicht, was im Kopf eines Kindes passiert, was für Gedanken die sich so machen, für die ergeben manche Sachen eben einen anderen Sinn, das ist wahrscheinlich bei allen Kindern so, und ich soll mir nicht so viele Gedanken machen, es sei doch alles in Ordnung.

Ich gehe jeden Tag runter zum Fluss, jeden Morgen. Es ist ruhig da, nur das Wasser, und das ist gut, das ist gut für mich, man denkt nicht nach und kann durchatmen, man kommt zu sich, dort ist alles so weit weg, dass es fast nicht mehr wahr ist, wie in einem Traum. Ich sitze vor der Hütte, halb verfallene

Bruchbude ist das, aber ein guter Platz, und dann rauche ich eine Zigarette oder auch zwei, immer ganz in Ruhe, denn da ist niemand mehr, der mich hetzt, keiner, der etwas von mir will.

Du bekommst ein Gefühl für das Land, das ist ganz seltsam, du gewöhnst dich langsam daran, an die Stille und an die Weite, im Grunde ist es keine Weite, sondern Leere, das Land ist leer, und deswegen bin ich hier, weil da niemand ist, niemand, der mich ansieht, niemand, der hinter meinem Rücken über mich spricht, für die Menschen hier bin ich eine Fremde, und ich mag das Gefühl, fremd zu sein, denn das bedeutet, frei zu sein, weil hier niemand etwas über mich weiß, niemand kennt mich, das ist es doch, was so viele wollen, irgendwo neu beginnen, man muss entweder alles auf eine Karte setzen, oder es gab einen Riss in deinem Leben, einen Riss, der so tief ist, dass du nicht mehr weitermachen kannst, und dann musst du dich entscheiden, auch wenn es dir noch so schwerfällt, dann wirst du gehen müssen, wenn du dich nicht selbst kaputtmachen willst.

7
MILLA

Sie hatte von Regen und Wasser geträumt. Klare Bilder. Verschwommene Erinnerungen. Sie öffnete die Augen und legte eine Hand auf ihre Stirn, die warm und schweißfeucht war. Der Geruch von gebratenem Fleisch und Holzrauch lag immer noch in der Luft. Sie wusste, sie würde nicht mehr einschlafen.

Über die Diele bis zur Treppe, eine Hand am Geländer. Sie nahm die Flasche *Crown Royal* vom Küchentisch und goss einen Fingerbreit in den Kaffeebecher. Regentropfen perlten geräuschlos von den Scheiben. Ihr Gesicht eine nachtblaue Spiegelung im Glas. Als sie das Fenster öffnete, spürte sie ein kühles Sprühen auf der Haut. Sie legte ihren Kopf in den Nacken und blickte in den wolkenverhangenen Himmel.

Draußen im Windfang schaltete sie den Bewegungsmelder ab und ging über die Steintreppe auf die Wiese. Das Haus warf lange Schatten im silbergrauen Mondlicht. Heimstatt. Zuflucht. Es war die erste Nacht, in der sie die Kojoten nicht hörte. Sie vermaß das Haus zwischen Daumen und Zeigefinger. Hundert Meter. Tausend Meter. Den Schatten hatte sie schon lange verlassen.

Versumpftes Gras. Vergessene Heuballen. Der Wind blies kräftiger. Ihre Zehen taub vor Kälte. Kurz vor dem Haus ein strenger Gestank. Etwas Schmales, Dunkles bewegte sich über das Feld entlang der Überlandleitung. Kräftige Läufe. Schmutzig braunes Fell. Buschiger Schwanz. Im Mondlicht erkannte sie, dass es im Fang den Schädel eines kleineren Tieres trug. Sie blieb in der Haustür stehen und schaute dem Tier nach, das hinter der Scheune wieder in den Wäldern verschwand.

In der Stille verstand sie das Alleinsein besser. Eine schwer fassbare Regung in ihrem Inneren. *Wie eine flüchtige Erscheinung für die Welt sein,* hatte Hannes oft gesagt. Sie atmete die hauchfeine Nacht ein. Gerüche von nassen Tierfellen, Gräsern und Baumrinden. Es hörte auf zu regnen. Sie ging wieder ins Haus. Letzte Tropfen rannen die Fensterscheiben hinab und hinterließen Muster auf dem Glas. Klänge in hohler Luft.

Der Geist sieht durch das Auge und hört durch das Ohr. Licht bestimmt die Wirklichkeit. Die Nacht löste sich aus dem Bewusstsein wie die Erinnerung an einen Traum. Das saftsüße Aroma der Fichtenwurzeln prickelte in ihrer Nase. Der Wind zog landauf, die Grashalme bogen sich sanft, ein langsamer Tanz in den Tag hinein. Als sie die Steintreppe hinunterging, sah sie eine umgestürzte Föhre neben dem Haus liegen. Im angrenzenden Bestand war eine schmale Gasse entstanden, der moosbewachsene Grund von fahlem Tageslicht durchtränkt. Scharf gezackte Fasern ragten aus dem stehen gebliebenen Stumpf.

Im Truck sah sie das erste Mal an diesem Tag auf die Uhr. Sieben Uhr morgens. Sie fuhr über die Schotterpiste weiter auf die asphaltierte Straße. Das nächste Haus lag zwei Meilen entfernt an der Kreuzung zur Pickerel Lake Road. Ein zurückgesetzter Steinbau, in dem sie noch nie hatte Licht brennen sehen. Inmitten der verwilderten Hecke, die das Grundstück umgab, stand der Briefkasten für die Anwohner der umliegenden Gegend, mindestens dreißig Fächer. Sie hielt in der gekiesten Bucht der Einfahrt und stieg aus.

Den Namen HELLSTEIN hatte sie auf ein Stück Kreppband geschrieben und auf das Fach geklebt. Sie strich es mit den Fingern glatt und suchte den Schlüsselbund in ihrer Hosentasche. Der Brief fühlte sich glatt und schwer an. Das Kuvert mit dem Stempel für internationale Luftpost versehen. Über dem Adressfenster das Logo der RSB-Rechtsanwaltskanzlei. Sie legte den Brief auf die Mittelkonsole, betrachtete das Kuvert und las sich ihre eigene Adresse mehrmals hintereinander leise vor.

Über der Pickerel Lake Road herrschte noch Nacht, das Erdreich dampfte. Zwischen den Baumkronen verflüchtigte sich letzter Nebel. Sie sah alles wie durch einen feinen Schleier, als bewegten sich die Dinge langsam und unscharf auf sie zu. Unter ihrem Auge ließ ein Nerv das Lid vibrieren. Sie umfasste das Steuer mit beiden Händen.

Das Schulhaus lag still im Morgengrauen. Die Eingangstür noch verschlossen. Kein Licht im großen Raum. Sie betrachtete erneut die Gegenstände, die an der Außenwand lehnten;

das verwitterte Wagenrad, die Speichen speckig und glatt gerieben. Dann hörte sie Schritte hinter sich.

Der Mann trug diesmal eine Wollmütze, sein ungekämmter Bart reichte ihm bis zum Kehlkopf. In den Händen hielt er eine grün lackierte Thermoskanne und einen dicken Katalog. Er blieb neben ihr stehen und blickte auf die blutverschmierte Hand.

»Von irgendwas gebissen worden?«

Milla zog drei in der Mitte gefaltete Scheine aus der Hosentasche. »Ich habe mich an einem Stück Papier geschnitten.«

Der Mann sah kurz auf das Geld und schloss dann die Tür auf.

Staubige Luft wehte ihnen entgegen. Er ging ein paar Schritte in den dunklen Gang hinein und schaltete an einem Sicherungskasten die Lichter an.

»Sie wollen sie also zurückkaufen?«

Milla nickte.

»War etwas Großes am Haus?«

»Ich will mich einfach sicher fühlen.«

Der Mann blickte über seine Schulter. »Man fühlt sich nicht sicher mit einer Waffe, die man nicht beherrscht.«

Sie folgte ihm in das ehemalige Klassenzimmer. Erstes Sonnenlicht fiel durch die verstaubten Fenster und erhellte die Oberflächen der Möbel, die sich noch im Halbdunkel befanden. Für einen Moment standen sie schweigend nebeneinander und blickten in den verlassen wirkenden Raum. Dann räusperte sich der Mann und holte eine zerdrückte Schachtel *du Maurier* aus seiner Hemdtasche. Milla zog eine Zigarette am Filter heraus und gab dem Mann Feuer.

»Münzen«, er hob den Blick, sah an Milla vorbei in den

Gang und legte den Katalog auf den Tresen, »ich habe eine ganze Sammlung gekauft, aber keine Ahnung, was sie wert ist.« Asche fiel auf den Umschlag. Er wischte sie mit dem Handrücken weg.

»Russ«, sagte er dann und atmete eine dünne Säule Rauch aus. »Russ Graham. Das ist mein Name.«

»Milla.«

»Miller?«

»Milla. Milla Hellstein.«

Russ drehte den Verschluss von der Thermoskanne und goss ihn randvoll mit Kaffee. »Ich will nicht dafür verantwortlich sein, wenn sich jemand in den Fuß schießt.« Er trank einen kleinen Schluck. »Du kannst die fünfzig Dollar behalten, aber du brauchst auf jeden Fall etwas Verlässliches, und einfach zu handhaben.«

Milla trat an den Tresen. »Es war länger als mein Arm, braunes Fell, buschiger Schwanz.«

»Wahrscheinlich ein Fischer. Interessiert sich nicht für dich, solange du ihn nicht in die Enge treibst.« Russ kratzte sich am Nacken und tippte auf den Katalog. »Ich habe vorher noch ein paar Dinge zu erledigen ...«

»Ich kann später wiederkommen.«

Er drückte die Zigarette auf einem Teller aus und wischte sich mit dem Daumen über die Unterlippe. »Nicht nötig, ich kenne den Weg.«

Draußen verspürte Milla ein nagendes Hungergefühl. Im Truck stellte sie das Satellitenradio an und hörte der Musik zu, den Stimmen, die Sprache wurde wieder zu einer Sprache, deren Wörter keine Bedeutung und keinen Inhalt für sie besaßen.

»Miller«, sagte sie und lachte. Dann wechselte sie den Sender. Es lief ein Klassiker von *Bad Company*.

Das Wetter klarte auf. Nur noch wenige Wolken am Himmel. Die Straße vor ihr setzte sich scharf von den Wäldern ab, ein in Asphalt gegossener Pfad. Sie folgte dem gelben Mittelstreifen und passierte Sundridge, Burks Falls, South River. Über Bahngleise, vorbei an leer stehenden Industriehallen, an Kirchen und Restaurants, die mit *Echtes Wiener Schnitzel* warben. Ein flaches Gebäude mit dunkelblauem Dach auf der linken Straßenseite. Auf der Leuchtreklame stand BLUE ROOF CAFE. Sie blickte im Vorbeifahren durch die Fensterfront ins Innere. Plastikstühle an einfachen Tischen. Spielende Kinder. Kaffee trinkende Frauen. Korpulente Männer in Camouflage-Klamotten. Sie wendete auf der Einfahrt der nächsten *Pedro-Canada*.

Den Geruch von Gekochtem und Gebratenem. Warme Rühreier. Gebutterter Toast. Frisch aufgebrühter Kaffee. Sie hörte den Gesprächen der anderen Gäste zu. Laute Stimmen. Leise Stimmen. Die Bedienung hinter der Theke nickte ihr zu. Kaffee, Rühreier, Reuben Sandwich. Sie setzte sich an einen der freien Tische am Fenster. Bullige Fahrzeuge mit pröttelnden Motoren und großen Ladeflächen fuhren vorbei. Milla legte ihr Besteck auf eine auseinandergefaltete Papierserviette. Die Bedienung stellte die Teller vor sie auf den Tisch und lächelte. Der Geruch des gepökelten Rindfleischs und des russischen Dressings. Die Rühreier und der darüber schmelzende Käse. Sie aß langsam, in einer bestimmten Abfolge – Sandwich, Rührei, danach einen Schluck Kaffee. Das Gefühl der Sättigung machte sie schläfrig. Sie zerkaute das letzte Stück Roggenbrot und legte eine Hand auf ihren Bauch.

Später saß sie hinter dem Steuer ihres Trucks und rauchte eine Zigarette. Im Radio ein Song von *Creedence Clearwater Revival*. Sonnenlicht wärmte ihr Gesicht. Auf dem Parkplatz eine Gruppe älterer Männer mit Baseballkappen und Sonnenbrillen. Frauen in Sandalen und Shorts. Schreiende Kinder. Sie drückte die Kippe im noch ungebrauchten Aschenbecher aus und startete den Motor.

Schwarzhörnchen glitten mühelos über die Föhren entlang der River Road. Die letzten hundert Meter hinter der Brücke über Kies, Sand und Wurzeln. Sie hielt auf der Schattenseite des Hauses und nahm den Brief von der Mittelkonsole. Die Luft in der Küche war trocken und stickig. Sie öffnete das Fenster und beobachtete die Krähen auf dem Scheunendach. Den Brief lehnte sie vor die leere Flasche *Crown Royal*. Die fünf Hektar Wald im Erlensiefener Bachtal würde sie nicht verkaufen, das wussten die Anwälte. Sie nahm die Postkarte aus Russ' Geschäft vom Tisch, schrieb NEIN auf die weiße Fläche und unterstrich das Wort dreimal. Dann hörte sie das Dröhnen eines Motors und das Klappern von Metall. Das Fahrzeug befand sich schon auf der Einfahrt – der Fluss veränderte die Geräusche, nahm ihnen die Schärfe. Sie legte den Kugelschreiber auf die Karte und stand auf.

Der Fargo zog eine Staubwolke hinter sich her. Der Wagen war kirschrot und kantig, ein älteres Modell aus den 70ern. Russ hatte die Seitenfenster heruntergekurbelt und den Ellenbogen auf die Dichtung gelegt. Er hielt auf der Grasfläche vor der Scheune neben dem *Sierra*. Milla blieb auf der obersten Stufe stehen und hob die Hand zum Gruß.

Der Himmel wolkenlos. Mittagshitze. Sie ging die Treppe hinunter und berührte die Motorhaube. Das Blech glühte.

»Ist ein schönes Haus.« Russ öffnete die Fahrertür.

»Immer noch eine Menge zu tun.«

»Roger hat den Kamin nie fertig bekommen.«

»Ja«, sagte Milla. »Daran arbeite ich.«

»Der Winter kommt schnell.« Russ griff über die Seitenwand der Ladefläche. »Stevens, Kaliber 12.« Er hielt die Flinte locker in der rechten Hand. »Ist sicher mehr wert als fünfzig Dollar, aber so kann ich nachts wenigstens ruhig schlafen.« Er blickte zu Milla. »Ich war acht Jahre alt, als ich das erste Mal mit einer solchen Flinte geschossen habe.«

Milla nickte.

Russ kippte den Verschluss ab und zog zwei Schrotpatronen aus der Jackentasche. »Es ist ganz einfach«, sagte er und führte die Patronen nacheinander in die Läufe. Er ließ den Verschluss offen und nahm ein rechteckiges Stück Pappe vom Beifahrersitz. Auf der Vorderseite die Zeichnung eines Tieres. Runder Kopf. Gedrungener Körper. Langer Schwanz. »Sieht einem Fischer doch wenigstens ein bisschen ähnlich, oder?« Er lachte und ging ein paar Schritte auf die angrenzende Baumreihe zu.

Milla beobachtete den alten Mann und prägte sich den Ablauf seiner Bewegungen ein. Der Umgang mit einer Waffe eine Sache, die er lange genug beherrschte, um nicht mehr darüber nachdenken zu müssen. Schaft an Schulter und Wange, Oberkörper leicht vorgebeugt, den linken Fuß seitlich nach vorne, das Entsichern mit dem Daumen. »Du solltest dir die Ohren zuhalten«, sagte Russ. Mündungsfeuer. Ein harter, kurzer Knall. Leises Rauschen in der Mitte des Kopfes und das Gefühl, hinter ihr zerdrücke jemand trockenes Laub. Von der Schrotgarbe blieben nur dunkle Punkte inmitten der Zeichnung übrig. Russ kippte den Lauf ab und hielt Milla die Flinte hin. »Sicherung zum Herzen hin. Finger am hinteren Abzug. Schon hat der Fischer ein paar Löcher.«

Der Vorderschaft fühlte sich noch warm an. Sie hielt die geschlossene Waffe auf Hüfthöhe, presste dann den Kolben gegen ihre Schulter und blickte über die Laufschiene. Der Schieber der Sicherung drückte sich tief in die Hornhaut ihres Daumens. Ein schwacher Widerstand, und die Flinte war entsichert.

Die Welt schmolz auf die Größe eines Blattes Papier zusammen. Ihr Puls übertrug sich auf die Waffe und ließ den Lauf rhythmisch zittern. Sie umfasste den Griff fester, konzentrierte sich auf den Moment zwischen zwei Herzschlägen. Der Druck auf das dünne, kalte Stück Metall, der Lauf reißt hoch, ein helles Sirren in den Ohren und der Geruch von Pulver.

Russ schüttelte den Kopf. »Du bist noch nicht dran gewöhnt«, sagte er und krümmte seinen Zeigefinger. »Ich konnte das Weiß unter deinen Nägeln sehen.« Er nahm ihr die Flinte aus der Hand, zog die leeren Hülsen aus dem Lauf und steckte sie in die Jackentasche. »Ganz langsam mit dem Finger.«

»Nein«, sagte Milla. »Das reicht.«

Russ' Blick ruhte auf der geöffneten Basküle. »Du sagtest, du wolltest dich sicher fühlen.«

Sie ging ein Stück durch das hohe Gras, hob die Pappe auf und ließ ihre Fingerspitzen über die Löcher gleiten.

»Ja, aber nicht so.«

Russ schob die Flinte wieder auf die Ladefläche. »Dann schulde ich dir jetzt fünfzig Dollar.«

»Du schuldest mir nichts. Wir sind Nachbarn.«

»Nachbarn«, wiederholte er und lehnte sich gegen den Kotflügel. »Wenn das so ist, könnte ich deine Hilfe gebrauchen.«

Milla nickte.

»Du kannst helfen, zweihundert Hühner einzufangen.«

»Zweihundert Hühner?«

»Ja«, sagte Russ. »Sie gehören Tom Bines. Das ist das Problem.«

»Was ist das Problem?«

»Dass er noch älter ist als ich.«

Milla lachte.

»Deine Augen sind jedenfalls besser als meine.«

»Okay«, sagte Milla. »Wenn du meinst.«

»Tom lebt draußen in Emsdale … Ich hole dich besser hier ab. Morgen früh gegen vier?« Er schüttelte lächelnd den Kopf. »Ist das nicht eine gute Art, jemanden zu begrüßen?«

Vor der Brücke leuchteten die Bremslichter des Fargo noch ein letztes Mal auf. Milla blieb in der Einfahrt stehen, bis der Staub sich wieder gelegt hatte.

8
RUSS

Ich schlafe schon lange nicht mehr. Ich liege auf dem Bett, die Decke über den Beinen ausgebreitet, und halte die Augen geschlossen. Manchmal starre ich einfach so aus dem Fenster in die Dunkelheit. Je älter du wirst, desto länger bleibst du wach. Damit du den Tod kommen sehen kannst. Du willst ihm in die Augen sehen. Auf dem Beistelltisch neben dem Bett steht eine Flasche *Crown Royal*. Ich nippe die Nacht über an einem Glas. Döse für eine halbe Stunde. Wache wieder auf. Ich liebe die Geräusche der Nacht.

Ich stand kurz nach Mitternacht auf und setzte frischen Kaffee auf. In den Sommermonaten wird es in Almaguin schon früh hell, der Tag bricht schnell an. Für die erste Tasse nehme ich mir Zeit. Ich trinke sie vor dem Küchenfenster, rauche eine Zigarette und warte auf das erste Licht. Tom hatte schon damals Gicht in den Gelenken. Sein Arzt sagte, das komme vom Alkohol, die Nieren gehen davon kaputt, was Tom natürlich nicht glaubte. Er glaubte, das käme von den Strahlen aus seiner Mikrowelle, die er seit Jahren nicht mehr benutzte. Ich hatte ihn nie etwas anderes darin machen sehen als Popcorn. Wir haben es mit Salz und Butter draußen auf der Veranda gegessen und mit eiskaltem Bier nachgespült. Gute Zeiten.

Jedenfalls war Tom schon seit Längerem nicht mehr dazu in der Lage, seine Hühner selbst einzufangen. Er hatte bereits alle möglichen Rassen gezüchtet, Wyandotte, Babcock und Rhode Island Red. Meistens kaufte er im Frühjahr um die dreihundert Stück, von denen am Ende des Sommers noch knapp die Hälfte lebte. Gegen drei Uhr zog ich mich an und kippte den restlichen Kaffee in meine alte Stanley. Dann fuhr ich los.

Der Magnetawan sammelt sich oberhalb der Brücke in einem natürlichen Bassin und fließt danach mit höherer Geschwindigkeit weiter. Ich hörte dem Wasser zu, wie es schnell und kühl unter den Pfeilern hindurchfloss, ein tiefes *gu-guung*, wenn es schließlich über die Felsen am Ufer hinwegströmte.

Um Viertel vor vier bog ich in die River Road ein. Milla saß bereits auf den Treppen vor dem Haus, ich konnte die Glut ihrer Zigarette im Dunkeln erkennen.

»Gut geschlafen?«

Sie blickte in den Himmel. »Wird ein schöner Tag.«

»Ja«, sagte ich. »Es sind immer schöne Tage.«

Sie stand auf und legte ihre Hand auf den Kotflügel. »Nicht für die Hühner.«

»Ich hoffe, du magst Hühnerfleisch.«

Milla beugte sich über die Motorhaube, ihr Körper groß im Scheinwerferlicht. »Was ist drunter?«

»Kennst du dich mit Motoren aus?«

»Ein bisschen.«

»Ich schwöre auf acht Ventile.«

Sie klopfte auf die Haube und ließ sich dann in den Sitz fallen.

Während der Fahrt sah Milla aus dem Fenster. Der Himmel tiefblau und voller Sterne. »Ich mag das«, sagte sie leise, und ich wusste, was sie meinte. Du erkennst die Schönheit eines Ortes nicht mehr, sie wird selbstverständlich. Deine Augen sind nicht die eines Fremden. Nur manchmal spürst du noch, dass es eine Verbindung zwischen allem gibt. Dass jeder Ort und jeder Mensch seinen eigenen Sinn hat.

»Warte nur, bis der Winter kommt.«

Sie klopfte mit den Knöcheln gegen die Seitenscheibe. »Alles hat seinen Preis.«

Emsdale ist eine kleine Gemeinde weiter nördlich. Es gibt nur eine Zufahrt, die an den Brooks Falls und einem alten Siedlerfriedhof vorbeiführt. Du hörst das Wasser sechs, sieben Meter in die Tiefe fallen, wo es in einer Schlucht zwischen den Felsen aufgefangen wird. Der Friedhof liegt neben der Straße, versteckt zwischen Kiefern, kaum mehr zu erkennen. Ein rechteckig angeordnetes Totenfeld, der hüfthohe Zaun längst überwuchert. Auf manchen Grabsteinen sind noch Daten zu entziffern. Es gibt Geschichten von Siedlern, die ihre Hunde aufessen mussten, um den Winter zu überleben.

Ein paar Kilometer hinter dem Friedhof öffnet sich das Land, eine Hügelkette trennt den Wald auf, zwei lange Feldstücke schließen aneinander an. In der Dämmerung funkelt das Rispengras dunkelgrün, aber es sind versumpfte Stellen, oft knietief und tückisch. Auf der Flur zwischen den Feldern stand Toms Haus. Zweistöckig, die Fensterfront zur windstillen Seite hin. In der Küche brannte schon Licht. Rauchschwaden stiegen aus dem Kamin. Hinter dem Haus die große Scheune.

Das Dach war erst vor Kurzem von Amischen repariert worden. Junge Männer mit ernsten Gesichtern, die kaum sprachen und nie lächelten, aber ihr Handwerk beherrschten. Tom hatte über ein Jahr auf die Reparatur gewartet.

Hundert Meter vor dem Haus hörte ich schon das Gebell. Zwei schwarz-weiß gefleckte, reinrassige Border Collies, die er *Pistol* und *Bullet* getauft hatte, ein älterer Rüde namens Gauge, eine abenteuerliche Labradormischung mit fast gelbem Fell. Sie rannten die Einfahrt hinunter, Gauge in der Mitte, langsamer als die Hündinnen, die Zunge hing ihm weit aus dem Maul. Sie umrundeten den Fargo, sprangen an den Fenstern hoch, ich fuhr im Schritttempo weiter, damit ich keinen von ihnen aus Versehen erwischte. »Magst du keine Hunde?«

Milla saß mit steifem Oberkörper da und blickte aus dem Fenster. »Ich weiß nicht.«

»Tom füttert sie zu gut, dann verlieren sie ihren Biss und werden faul, du wirst sehen.«

Sie nickte schweigend.

Ich fuhr weiter, die Hunde hinter uns, neben uns, ihr Bellen heiser und laut.

Tom stand im hell erleuchteten Windfang. Zwischen den Zähnen eine *Old Port*, die er in Kette rauchte. Er öffnete die Vordertür, blieb auf der ersten Stufe stehen und winkte mit einer Hand.

»Kriegst du deine Hand nicht höher als bis zur Hüfte?«, fragte ich und schlug das Lenkrad ein. Die Reifen gruben sich in den Boden, feuchte Erde spritzte bis vor die Treppe.

Tom nahm die *Old Port* aus dem Mund und streifte die Asche am Ärmel seines Bademantels ab.

»Höher als Hüfte hast du nicht verdient.« Seine Stimme so leise, dass ich sie gerade noch verstehen konnte. Er schüttelte den Kopf und spuckte über das Geländer.

Ich stellte den Motor ab. Wir blieben für einen Moment sitzen, sahen aus der Frontscheibe auf die Scheune.

»Alles in Ordnung?«

»Alles in Ordnung«, sagte Milla und öffnete die Beifahrertür. Die Hunde umringten sie sofort, bellten und sprangen aufgeregt an ihr hoch. Es war seltsam, eine so große Frau so ängstlich zu sehen. Gauge trug einen platten Basketball in seiner Schnauze, mit dem er ein paarmal gegen Millas Oberschenkel stieß. Tom nahm einen tiefen Zug aus der *Old Port.* »Gauge ist noch nicht so uralt wie Russ, er will immer noch spielen, weiß der Teufel, warum. Manchmal vergisst er, wer der Boss ist, und dann muss er es natürlich herausfinden.« Er zeigte auf den Ball. »Das Spiel ist ganz einfach – du ziehst, er zieht, am Ende gibt er auf und will sein Fressen.«

Gauge besaß einen Ruf. Selbst nachdem Tom ihn hatte kastrieren lassen, verschwand er oft tagjelang, ließ sich von Fremden durchfüttern oder streunte mit anderen Hunden durch die Gegend und legte sich mit Stachelschweinen an. Ein paar Jahre zuvor hatte Tom ihm über achtzig Stacheln aus dem Körper ziehen müssen. Er war sich sicher, dass der Hund die Nacht nicht überleben würde, doch schon am nächsten Morgen stand Gauge wieder laut bellend vor seinem Bett. Ab dieser Zeit begann Tom, ihn mit Resten vom Rinderfilet, gebratener Leber und ausgelassenem Fett zu füttern.

Milla griff nach dem Ball, den Gauge in der Schnauze hielt, und bekam ihn nach mehreren Versuchen zu fassen. Dann hob sie ihren Arm, streckte ihn weit von sich, in der Hand den Ball, daran baumelnd Gauge, sein Atem dampfte stoßweise.

»Jesus!«, sagte Tom. »Jetzt weiß er wieder, wer der Boss ist.«

Der Hund schwebte einen halben Meter über dem Schotter. Milla hielt ihn noch einen Augenblick lang so und ließ ihn dann langsam wieder herab. Zurück auf dem Boden, drehte sich Gauge einmal um sich selbst, ließ den Ball aus dem Maul fallen und leckte Milla über die Hand.

»Jetzt seid ihr beste Freunde«, sagte Tom. »Er wird dich nachts besuchen und so lange vor deinem Fenster bellen, bis du ihm ein Steak brätst.«

Milla streichelte Gauge über den Kopf, der Hund knurrte zufrieden und legte sich ihr zu Füßen. »Zum Glück bin ich kein Vegetarier.«

Tom schob sich die *Old Port* in den anderen Mundwinkel. »Ich kannte einen blinden Ojibwe, der die Farbe eines Pferdes erkannte, wenn er ihm die Hand aufs Fell legte, und ich kannte einen Doktor aus Barrie, der in seinem eigenen Keller ertrunken ist. Beide Männer haben kein Fleisch gegessen. Was sagt uns das?«

Sie zuckte mit den Schultern. »Ich habe keine Ahnung.«

»Ich auch nicht«, sagte Tom lachend.

Die Sonne glühte bereits hinter den Baumkronen. Tom drückte den Zigarillo auf dem Treppengeländer aus. »Ich hole noch meine Jacke und die Stiefel«, sagte er und öffnete die Haustür. »Geht ruhig schon mal vor.«

Die Scheune lag auf dem Grat einer flach abfallenden Senke, dicht bewachsen mit rotem Süßgras. Es war ein schönes Exemplar, mit doppelseitiger Arkade und markantem Dach, das einem Turm mit vielen Ecken ähnelte. Tom meinte einmal zu mir, der richtige Begriff dafür wäre polygonal, und da Tom mehr Bücher gelesen hatte als ich, glaubte ich ihm. Auf halbem Weg die Garage, unter dem löchrigen Wellblechdach rostete eines von Toms alten Autos. »Acadian aus den Sechzigern«, sagte ich zu Milla und blieb vor dem eleganten Heck stehen. »Das Modell hieß *Canso*. Werden schon lange nicht mehr gebaut.«

Sie schüttelte den Kopf. »Hier hat jeder ein paar Wracks hinter dem Haus stehen.«

»Das sind Antiquitäten. Das ist ein Unterschied.«

Tom brachte die Hunde ins Haus. Gedämpftes Licht im Wohnzimmer. Die knarrenden Scharniere der Metalltür auf der Rückseite. Er trug zerschlissene Latzhosen, Stiefel und einen Anglerhut auf dem Kopf. Im Vorbeigehen trat er gegen die Reifen des Acadian. »Ist das letzte Mal vor ungefähr dreißig Jahren gefahren.«

»Russ meint, das ist eine Antiquität«, sagte Milla.

Tom schob sich den Anglerhut in den Nacken und antwortete: »Ein verdammtes Wrack ist das!«

Scharlachrotes Sonnenlicht berührte die Dachbalken der Scheune. Neben dem niedrigen, nach unten führenden Eingang standen aufeinandergestapelte Transportkäfige aus Kunststoff. Milla zog den Kopf ein und verschwand im Inneren. Es roch nach feuchtem Stein und den Ausdünstungen von Tieren auf engstem Raum. Die Hühner standen dicht gedrängt auf den Stangen und gaben leises Gurren von sich.

Tom legte mir eine Hand auf den Unterarm. »Ich hole die Boxen von draußen.«

»Wir machen das schon«, sagte ich und wartete noch, bis er auf der Treppe war. »Tom lässt immer ein paar hier. Sie geben ihm Eier«, sagte ich zu Milla, die im Halbdunkel vor einem der leeren Verschläge stand. Dann lautes Krachen. Eine Box rutschte die Stufen herunter und blieb vor Millas Füßen liegen.

»Tom?« Ich hörte sein Gemurmel, konnte und wollte aber nichts Genaues verstehen. Milla hob die Box auf und stellte sie hochkant auf den Boden.

Die Hühner spendeten sich gegenseitig Wärme, ihre Köpfe unter den Federn, noch halb im Schlaf.

»Du greifst sie von hinten, und ich öffne die Box.«

Sie packte das erste Huhn über den Flügeln, hob es von der Stange und schob es durch die schmale Öffnung der Box. »Ich mache das nicht zum ersten Mal.«

Ich antwortete nicht. Ich öffnete einfach die nächste Box.

Tom wartete immer noch vor der Scheune. »Schnell«, sagte er. »Ihr wart verdammt schnell.« Er griff in die Tasche seiner Latzhose, zog eine Packung *Old Port* heraus und entfernte das Zellophan. »Hast dir eine Pause verdient.«

Milla lehnte sich an die Mauer, ein dünner Schweißfilm auf ihrer Stirn. Sie zog einen Zigarillo aus der Schachtel und ließ sich von Tom Feuer geben. Der Tabak war gedippt mit Rum und stank nach billigem Fusel. Sie nahm einen Zug und zeigte mit der Glut auf eine Stelle neben Toms Haus. Ein Hahn stolzierte zwischen zwei Gemüsebeeten entlang, der rote Kamm im hohen Gras gut sichtbar.

»Ritchie«, sagte Tom. »Ein Philosoph, ein Denker.«

Milla hob die Augenbrauen.

»Ich habe ihn seit drei Jahren«, fuhr Tom fort, ohne den Blick abzuwenden. »Er bleibt für sich, geht immer als Letzter in den Käfig. Das mag ich. Die Sturheit. Und dass er keine Angst hat, allein zu sein. Wir sind gute Freunde geworden.«

Milla lachte, aber Tom verzog keine Miene. »Hast du jemals Schopenhauer gelesen?«

»Nie von dem Mann gehört«, sagte sie. »Ich hatte keine Zeit zum Lesen.«

Die kehligen Laute der Hühner drangen aus den Boxen. Tom nahm einen tiefen Zug aus der *Old Port*. »Wenn ihr zurück seid, ist es sicher schon fünf Uhr. Irgendwo ist es immer fünf Uhr.«

»Was Tom sagen will, ist, dass sein Moonshine keinen Deut schlechter ist als das Zeug, das sie dir im LCBO verkaufen«, sagte ich zu Milla und klopfte mit der Hand auf die Motorhaube. »Aber erst mal haben wir noch was vor uns.« Ich öffnete die Fahrertür und wendete mich wieder an Tom. »Wir könnten über den alten Highway fahren …«

»Was willst du mitnehmen?«

»Die Hühner aus der Kühltruhe, die vom letzten Jahr übrig geblieben sind.«

»Für Helen?«

»Du würdest sie einfach wegschmeißen.«

»Natürlich. Kein Problem.«

Das Gebell der Hunde hinter den Türen des Windfangs. Tom blickte über seine Schulter und griff nach dem Schlüsselbund. »Die vermissen mich schon.«

»Ich fahr hinten rum.«

»Die Tür ist nicht abgeschlossen.«

Wir stiegen in den Fargo.

»Tom ist ein alter Freund«, sagte ich und startete den Motor. »Er war früher Tierarzt und auch einmal Bürgermeister. Sie haben ihn nicht wiedergewählt, weil er immer gleich gesagt hat, wenn ihm was nicht passte, und er ist dabei nicht gerade der Leiseste gewesen. Das ist das Letzte, was die Leute wollen.«

Milla schüttelte den Kopf. »Was wollen die Leute nicht?«

»Die Wahrheit über ihre eigene Dummheit ins Gesicht gebrüllt bekommen.«

Sie nickte. »Kann man seinen Schnaps wirklich trinken?«

»Es ist jedenfalls kein Spiritus.«

»Haben sie ihn mal erwischt?«

»Hatte über 300 Gallonen im Keller stehen. Tom hat alles sofort zugegeben, wie es eben seine Art ist. Die O. P. P. wusste nicht, was sie mit ihm anstellen sollten. Sie behielten ihn einen Tag in der Ausnüchterungszelle und ließen ihn ohne Anklage laufen. Niemand hat jemals wieder über die Sache gesprochen.« Ich hielt mit laufendem Motor hinter dem Haus. »Warte hier. Dauert nicht lang.«

Manchmal bekam ich das Gefühl, dass sich Toms Keller veränderte. Es schienen Räume hinzuzukommen oder größer zu werden, andere wiederum verschwanden einfach. Drei Waschmaschinen, von denen nur eine richtig funktionierte. Plastikwannen voller alter Trophäen. Leere Flaschen Motoröl. Ein Sechserpack warm gewordenes *Old Milwaukee*. Die Kühltruhe weiter hinten auf einer glatten Fläche aus Waschbeton. Früher hatten wir dort unser Wild aufgebrochen. Das Blut konnte durch den Ausguss abfließen, und es gab frisches Wasser. Wir haben unsere Weißwedel immer in der ersten Novemberwoche erlegt. Das Fleisch von einem guten Hirsch reichte bis zum nächsten Jahr, doch irgendwann war ich es leid, die Stücke in Buttermilch einzulegen. Die Säure macht die Fasern weich, meine Zähne sind nicht mehr die besten. Manchmal habe ich das Fleisch einfach im Kühlschrank vergessen, bis es anfing, fürchterlich zu stinken.

Ich nahm die tiefgefrorenen Hühnchen aus der Truhe, schloss die Kellertür hinter mir ab und ging zurück zum Wagen. Tom saß in der Küche am Tisch und streichelte seine Hunde. Er hatte den Hut abgenommen, sein Haar hing ihm in weißgrauen Strähnen von den Schläfen. Ich wusste, dass er mich nicht sehen konnte, und blieb noch einen Moment lang so stehen. Als ich dann die Tür auf der Fahrerseite aufgezogen und die Hühnchen auf die Rückbank gelegt hatte, fragte mich Milla: »Alles in Ordnung?«

»Ja«, sagte ich und setzte mich hinter das Steuer. »Ich glaube nur, Tom ist alt geworden.«

An der Kreuzung vor Emsdale bogen wir auf den Highway ab. Eine Straße, die an schroffen Felskanten entlang durch die Landschaft führt und so hügelig ist, dass du entgegenkommende Fahrzeuge oft erst im letzten Moment siehst.

»Milla«, sagte ich nach einer Weile. »Kann ich dir eine Frage stellen?«

Sie sah mich kurz an und nickte.

»Wie bist du hierhergekommen, ich meine ... Almaguin Falls ist nicht Toronto.«

»Ist eine lange Geschichte«, sagte sie und sah auf den ausgegangenen Zigarillo zwischen ihren Fingern. Nach zwei, drei Meilen richtete sie sich im Sitz auf. »Ich wollte zuerst nach Australien.«

»Weit weg von der Heimat.«

»Manchmal kann es nicht weit genug weg sein«, sagte sie und rieb sich über die Knöchel. Dann zeigte sie auf den Wald neben der Straße. »Aber ich schätze, ich mag einfach Wälder.«

»Jetzt hast du dreihundert Acres davon.«

Sie schob den Zigarillo in die Jackentasche. »Kanntest du den Mann, dem mein Haus gehört hat?«

»Roger?«, sagte ich. »Ja, ich kannte Roger. Er hat nicht in dem Haus gelebt. Im Grunde war es seine Rumpelkammer. Im Winter, wenn wir auf seinem Land gejagt haben, hat er daraus immer sein Camp gemacht.«

Ich erkannte das Dach von Helens Haus durch das Astwerk und drosselte das Tempo. »Er lebte hier. Bei Helen.«

Milla legte ihre Hand auf die Mittelkonsole. »Das hat alles der Makler erledigt. Ich hab sie nie persönlich getroffen.«

»Roger ist schon seit zehn Jahren tot, aber Helen ...« Ich warf einen Blick in den Rückspiegel. »Du hast sein Haus gekauft, das sind sicher eine Menge Erinnerungen.«

Milla presste ihre Lippen zusammen und atmete aus.

»Okay«, sagte sie. »Ich warte im Wagen.«

Die Hühnchen begannen aufzutauen, das gefrorene Fleisch wurde weich. Ich ging über den Pfad aus Steinplatten, der durch den Vorgarten führte. In der Erde wuchsen Squash und Bohnen in Reihe und an Stöcken hochgebunden. Ich klopfte gegen die Tür, das Moskitonetz schlug gegen die Scheibe. Schemen in einem der hinteren Räume. »Helen«, rief ich, und da trat sie aus der Dunkelheit und blieb am Ende der Diele stehen. Sie schien mich immer noch nicht erkannt zu haben. »Russ, natürlich«, sagte sie dann und schlug sich mit einer Hand gegen die Stirn. »Ich wusste nicht, dass du kommst.«

Sie öffnete die Haustür, dabei löste sich das Moskitonetz und fiel in eines der Beete. Wir blickten beide auf das löchrige Netz, und als ich mich bückte, um es aufzuheben, lächelte sie und sagte: »Roger kommt gleich. Er wollte es die ganze Zeit schon reparieren.« Dann drehte sie sich um und verschwand im Inneren des Hauses. Ich presste die Hühnchen in meine Armbeuge und folgte ihr.

Sie blieb in der Küche vor der Spüle stehen und nahm einen Lappen in die Hand. »Von wem hast du das Geflügel?«

»Von Tom.«

Sie schüttelte den Kopf.

»Tom Bines? Der große Dünne aus New Brunswick?« Ich fasste sie am Unterarm. »Geht es dir gut?«

»Mir geht es gut, Russ.« Sie nickte. »Und natürlich kenne ich Tom Bines. Er raucht diese grässlich stinkenden Dinger und lebt da draußen wie ein Wilder zusammen mit seinen Hühnern.«

»Ja«, sagte ich. »Das ist Tom Bines.«

»Und Russ«, sie hob ihren Zeigefinger und strich sich

mit der anderen Hand eine Haarsträhne aus dem Gesicht. »Manchmal fühlt es sich eben immer noch so an, als würde Roger gleich nach Hause kommen. Dann höre ich seinen Truck unten an der Brücke, nehme eine Flasche Bier aus dem Kühlschrank und stelle sie für ihn auf den Tisch. Es ist einfach so, ich kann nichts dagegen tun. Kannst du das verstehen?«

Ich ließ ihren Arm los.

»Aber jetzt brauche ich die Hühnchen, die du da seit einer halben Ewigkeit mit dir herumträgst«, sagte sie. »Bevor sie noch auftauen und zu nichts mehr zu gebrauchen sind.« Sie drehte sich um, öffnete den Kühlschrank und zog das unterste Fach auf. In der Seitenwand drei Flaschen *Labatt Blue*.

»Russ«, sagte sie, und dann noch einmal: »Russ!« Ich kam zu mir, schüttelte verlegen den Kopf und reichte ihr eins der Hühnchen. Sie verstaute es im Gefrierfach, hielt einen Moment lang inne und zeigte dann auf die restlichen Hühnchen. »Du hältst sie wie Babys.«

Ich zuckte mit der Schulter und reichte sie ihr.

»Doch, du wärst sicher ein guter Vater.«

»Auf jeden Fall wäre ich ein alter Vater.«

»Hast du wirklich nie daran gedacht?«

Kalte Nässe klebte an meinen Händen, ich wischte sie an meiner Hose ab. »Es gab einfach nie die richtige Frau.«

Helen nahm eine Flasche Labatt aus dem Träger und drückte sie mir in die Hand. »Die richtige Frau«, wiederholte sie leise.

»Ich würde das Bier wirklich gerne trinken, aber im Wagen wartet noch jemand.«

Sie hob die Augenbraue.

»Hat mir und Tom heute bei den Hühnern geholfen.«

Ich drehte die Flasche zwischen meinen Händen hin und her. »Wir werden alle nicht jünger.«

»Es ist die Deutsche«, sagte sie und nahm mir die Flasche ab. »Oder nicht?«

Ich drehte mich um und ging schweigend aus der Küche und die Diele entlang.

»Kommt Donnerstag zum Essen. Ich mache die Hühnchen. Du magst sie scharf gewürzt und mit Füllung.«

»Bist du dir sicher?«, fragte ich und zog die Haustür auf.

»Ich würde die Frau gerne kennenlernen wollen, die in Rogers Haus lebt. Würdest du das nicht?«

»Donnerstag klingt gut.«

Sie lächelte. »Sieben Uhr.«

»Sieben Uhr«, wiederholte ich und schloss die Tür.

Die Hühner verhielten sich ruhig. Ich legte meine Hand auf einen der Käfige und blickte durch die Schlitze ins Innere. Sie starrten mich aus fleischig roten Augen an.

»Gesundes Auge, gesundes Huhn.«

Milla saß mit gefalteten Händen auf dem Beifahrersitz.

»Hat länger gedauert.«

»Ich habe solange gelernt«, sagte sie und zog ein Dutzend beschriebene Karten aus ihrer Jackentasche. Ich nahm die erste und las:

to resonate

1.) **Verb**

You say that something resonates, when it has a special meaning or when it is particularly important to someone.

»Deswegen sprichst du so verdammt gut.« Ich gab ihr die Karte zurück. »Und ich kenne Männer, die ihr Leben lang mit dreihundert Wörtern ausgekommen sind.«

Wir fuhren ein Stück über den alten Highway Richtung Norden. Der Schlachter, ein kleiner, buckliger Mann namens George, lebte mit seiner Frau und dem jüngsten Sohn in einem Tal neben dem trockengefallenen Trout Creek. Er stammte ursprünglich aus Thunder Bay und hatte in den Staaten irgendetwas Kompliziertes studiert, daran aber wohl jegliche Lust verloren. Nun schlachtete er seit mehr als drei Jahrzehnten Hühner. Manche seiner Kunden fuhren über zweihundert Kilometer. Niemand nannte ihn Schlachter. Wenn sein Name fiel, wusste jeder Bescheid.

Als wir vor der Halle neben seinem Haus hielten, war es gegen halb zehn. »Ist wirklich ein schöner Tag geworden«, sagte ich zu Milla und stieg aus. In der Luft der strenge Geruch von getrocknetem Blut und frischen Innereien. Vor der hohen Schiebetür lag ein angeketteter Hund, ein Mischlingsrüde mit dunkelgrauem Fell. Der Hund stand auf und knurrte, als ich mich dem Gebäude näherte. Ich schätzte die Kette auf knapp drei Meter und ging noch ein paar Schritte weiter. Er zeigte mir seine scharfen Zähne, legte die Hinterläufe an, und gerade als er zum Sprung ansetzen wollte, zog Georges Sohn die Schiebetür auf. Er starrte den Rüden nur reglos an und machte eine kurze Bewegung mit seiner Hand, danach legte sich der Hund wieder in den Staub.

»Wie viele?«, fragte er und ging an mir vorbei zum Hänger.

»Wir haben nicht gezählt.«

Der Junge starrte mich mit dem gleichen Blick an, mit dem er den Hund angestarrt hatte.

»Sind die von Tom Bines«, sagte ich. »Ich glaube, er hat vor ein paar Tagen angerufen.«

Der Junge ging um den Hänger herum, auf seiner Wange ein winziger Spritzer Blut. »Ich hol George.«

Milla saß vornübergebeugt auf dem Sitz und las in ihren Karten.

»Hast du einen Stift?«

Sie griff in die Innentasche ihrer Jacke und gab mir einen Kugelschreiber.

»Bis vor ein paar Jahren kam jeden Sommer dieser alte Mann zu mir – er sagte, er lebe in Ohio, aber er stammte aus Neuengland, das erkannte ich am Akzent. Er hatte sich eine Hütte am Doe Lake gekauft, weil man dort besonders gut Glasaugenbarsche angeln kann, und dieser Mann war ein Professor. Er unterrichtete an einer Universität in einer großen Stadt drüben in den Staaten. Er brachte Leuten das Schreiben bei, nicht Schreiben wie in der Schule, sondern wie man ein Buch schreibt, Artikel für Zeitungen, so etwas. Ein ziemlich intelligenter Mann, muss ich sagen, dabei sah er aus wie ein Maurer, mit einem Bauch so groß wie ein Fass.« Ich zeigte auf eine der Karten in Millas Händen. »Er erklärte mir, dass es in jeder Sprache Wörter gibt, die einzigartig sind, und er verriet mir auch, welches das schönste englische Wort ist.« Milla gab mir eine der unbeschriebenen Karten. Ich legte sie auf die Motorhaube und schrieb das Wort auf das Papier.

»Das ist das schönste Wort?«

»Ich weiß es nicht«, sagte ich und gab ihr die Karte zurück. »Aber viele kluge Leute haben darüber abgestimmt.«

Sie schob die Karte zurück in den Stapel und ließ ihn in der Jackentasche verschwinden.

Das Schiebetor wurde von innen aufgezogen, und George trat aus der Halle. Er ging zum Hänger und fuhr mit der flachen Hand über die Käfige. »Von Tom Bines?«

»So ist es.«

Er schüttelte den Kopf.

»Gibt es ein Problem?«

George rieb sich über das Kinn. »Freitag«, sagte er und begann, die Käfige vom Hänger in einer Reihe vor der Halle aufzustellen.

»Brauchst du Hilfe?«

Als George nicht antwortete, nahm ich die Schachtel Zigaretten vom Armaturenbrett und ließ mir von Milla Feuer geben. Wir rauchten, bis George alle Käfige vom Hänger geladen hatte. Auf der Rückfahrt holte sie noch einmal die Karte hervor.

»Doch«, sagte sie leise. »Ich mag das Wort. Ich mag den Klang.«

Wir verließen den alten Highway und überquerten den Magnetawan. Hinter der Brücke drosselte ich das Tempo und fuhr langsamer, bis wir die River Road erreicht hatten. »Wir sind bei Helen zum Essen eingeladen.«

Milla holte tief Luft. »Ich weiß nicht, ob das eine gute Idee ist.«

Ich hielt mit laufendem Motor vor ihrem Haus. »Sie hat

darauf bestanden. Donnerstag um sieben Uhr«, sagte ich. »Und nochmals vielen Dank.«

Sie nickte und schloss die Beifahrertür.

Tom saß auf einem Campingstuhl neben der Garage. Gauge lag zu seinen Füßen, die Collies waren nirgendwo zu sehen. Er hielt ein Einmachglas mit Selbstgebranntem in der Hand. »Was hat George gesagt?«

»Nichts.«

»Dabei hatte ich angerufen.«

Ich lehnte mich gegen die Seitenwand der Garage. »Wir holen sie Freitag wieder ab.«

Tom atmete aus. »Ich werde langsam zu alt dafür.«

Richie, der Hahn, stolzierte immer noch zwischen den Beeten hin und her.

»Tom«, sagte ich, »wer war dieser Schiepenhower?«

»Schopenhauer.«

»Ich bin im Roblin Lake geboren und allein ans Ufer gekrochen, das weißt du doch.«

»Schopenhauer war ein kluger Mann. Auch ein Deutscher. Hat die Welt gesehen, wie sie war.« Tom drehte den Deckel vom Einmachglas und reichte es mir.

»Und wie ist die Welt?«

»Es ist eine Welt, in der andere Männer unseren Hühnern den Kopf abschlagen, weil wir es selber nicht mehr tun können.«

Ich nahm ihm das Glas aus der Hand und setzte es an die Lippen. Der Moonshine brannte auf der Zunge.

»Diesen Winter will ich noch einmal jagen«, sagte Tom. »Ein letzter Hirsch.«

Ich trank noch einen Schluck. »Du solltest nicht so reden.«

»Ich kann reden, wie ich will. Ich bin alt genug.«

»Ich habe eine Frage an dich.«

Tom nickte. »Schieß los.«

»Was ist das schönste Wort, das du kennst?«

Er tippte mit den Fingern auf den Rand des Glases. »Scheidungsanwalt.«

»Du warst nie verheiratet.«

»Ja«, sagte er. »Aber wenn ich es gewesen wäre, dann wäre es das schönste Wort.«

9
MILLA

Ich mag die Scheune, die Krähen, und was ich besonders mag, dass es ganz still ist hier, so still war es nie in Deutschland, da war immer was – 'n startendes oder landendes Flugzeug, vor allem im Sommer, von wegen Nachtflugverbot, und die Züge aus Köln, wenn die bremsten hat's dich aus dem Tiefschlaf gerissen, dann der Verkehr vom Zubringer, dieses ewige Grundrauschen, das hast du irgendwann gar nicht mehr mitbekommen, doch hier ist das anders, hier ist wirklich Ruhe, hier sitze ich im kaputten John Deere und denke, ich könnte jetzt losfahren.

Dann lege ich die Hände aufs Lenkrad, das ist wie beim alten Fendt aufm Hof vom Pietsch, fühlt sich genauso an, du brauchst Kraft dafür, ohne Kraft geht nix, der Pietsch war schon 'n Guter, auch wenn er immer ein klein wenig seltsam war, der hatte nie eine richtige Ehefrau, der lebte mit seiner Schwester bei sich aufm Hof, bis sie weggestorben ist, und da redeten die Leute drüber, ihre Mäuler haben die sich zerrissen, uns hat er nie was getan, uns hat er auf seinem alten Fendt fahren lassen, wir waren ja noch halbe Kinder, aber der Pietsch, der hat uns über die Stoppelfelder fahren lassen, bis der Tank leer war, ich glaub, heute würden die den dafür vor den Kadi zerren, damals hat natürlich kein Hahn nach gekräht. Zuerst durften nur Dirk und Remi fahren, weil der Pietsch ja meinte, ein Mädchen kann so was nicht, und ich soll mal schön sitzen bleiben und zugucken, aber der hat ganz schnell spitzgekriegt, dass der Dirk es nicht so mit Motoren hatte, der hat die Kiste ja ständig abgewürgt, und irgendwann bin nur noch ich oder der Remi gefahren.

Später, als dem seine Schwester dann am Krebs gestorben war und er Flacker in den Pfoten gekriegt hat vom ganzen *Zinn 40*, da habe ich ihm geholfen, die Maschinen instand zu setzen, und auch andere Arbeiten gemacht, manchmal hat er mir auch was dafür gegeben, aber im Grunde wollte ich das Geld nie, der alte Pietsch hat mir einfach leidgetan. Und nachher habe ich ihm den Fendt sogar abgekauft, ich wusste gar nicht, was ich mit dem machen sollte, nur dass ich ihn haben musste, das wusste ich. Der Fendt stand die Jahre über hinten in der Halle, und da steht er wohl immer noch, das hat mir Remi erzählt, kurz bevor ich weg bin, und nachdem die Spedition jetzt verkauft ist, bin ich mal gespannt, was damit passiert.

Remi lag im Bett immer auf der linken Seite, hat aus dem Fenster auf den Hof geschaut, auf den alten Stall im Mondlicht, und ich habe seinen Rücken gestreichelt, das mochte er, vor allem am Schulterblatt, da war die Haut so dünn geworden, er hatte vor Jahren mal einen Unfall, ist von einem Flachdach auf einen Poller gestürzt, der Knochen ist schlecht wieder zusammengewachsen, und die Wunde hat sich ein paarmal infiziert, obwohl er eigentlich gutes Heilfleisch hatte, aber an der Stelle wurde er dann ganz empfindlich, da musste ich immer vorsichtig sein, und er hat gemeint, er hätte ja Glück gehabt, er hätte auch liegen bleiben können, es gäbe da 'ne ganze Menge, die nicht so viel Glück gehabt hätten wie er, ich habe ihn gestreichelt und dabei im Bett geraucht, jeden Abend eine Zigarette, manchmal auch paar mehr, das fand er zwar nicht so gut, hat aber auch nie was gesagt, weil er wusste, wie gerne ich das mochte, im Bett rauchen, Remi hat mich machen lassen, wir haben oft so dagelegen und über alles Mögliche geredet, weil das die einzige Zeit war, wo keiner was von einem wollte, keine Anrufe, nichts, nur wir beide. Arbeit, Remi hatte zu der Zeit einen Stift, der nicht so richtig wollte, der ständig zu spät kam und nie gemacht hat, was man ihm sagte, renitent, meinte der Remi, das Schlimmste war, dass dem sein Vater immer in den Betrieb kam und sich beschwerte, wie man hier mit seinem Jungen umspringen würde, Remi hat nach drei Monaten einen Schlussstrich gezogen und gemeint, das hat ja doch keinen Sinn, der Junge sei noch nicht so weit, und da hat der Vater richtig Terz gemacht, aber Remi hatte recht, es ging nicht mehr, manchmal muss man eben konsequent sein, ich weiß das noch so genau, weil das in dem Sommer war, in dem der Hannes abgehauen ist, und nachher hat sich das alles in meinem Kopf vermischt, manchmal hatte ich das Gefühl, dass wir nur noch über Jungs reden, die Ärger machen.

Als ich den Anruf gekriegt hab damals, war einer von den Betreuern dran, und der war aufgeregter als ich, der Hannes ist weg, hat er gesagt, geschrien hat der fast, richtig atemlos, der Hannes sei weg und keiner wüsste, wo der abgeblieben ist, ob wir denn etwas von ihm gehört haben? Ich bin vollkommen ruhig geblieben, weil ich wusste, dem Hannes ist nichts passiert. Das war ganz seltsam, ich wusste einfach, dem Hannes passiert nichts, dem ist nichts passiert. Die Schmier angerufen haben wir natürlich trotzdem, Remi wollte sogar nach Texel ins Zeltlager fahren, aber ich hab ihn gefragt, was das bringen soll, er würde da nachher doch nur rumstehen wie Falschgeld, er soll mal schön bleiben, wo er ist. Zwei Tage später haben dann die Franzosen angerufen, eine Streife hatte Hannes in einem Dorf an der Grenze aufgegriffen.

Remi hat das nie so gesehen wie ich, er hat gemeint, wir würden den Jungen nur nicht richtig verstehen, aber das bräuchten wir auch gar nicht, wir bräuchten ihn nicht verstehen, denn er sei sein eigener Mensch, da muss man sich keine Sorgen machen, und er hätt sich gewünscht, er wäre selbst ein wenig mehr wie der Hannes gewesen, *ich habe mich ja immer brav an alles gehalten*, hat Remi gesagt, *Schule, Ausbildung und auch nie das Maul aufgemacht, vielleicht wäre was ganz anderes aus mir geworden, wenn ich das anders gemacht hätte, wenn ich anders gewesen wäre, ein bisschen mehr wie der Hannes.*

Trotzdem bin dann ich gefahren, ich bin gefahren und habe ihn abgeholt, bis nach Straßburg bin ich gefahren, und die ganze Zeit über habe ich mir gesagt, *Milla, du bist seine Mutter, du wirst jetzt gar nichts sagen, du schweigst, du holst ihn ab und schweigst einfach, das ist Strafe genug,* obwohl er ja streng genommen eine Tracht Prügel verdient gehabt hätte, einfach so abhauen, wo kommen wir denn da hin?, und ich hab es wirklich versucht, bin hin nach Straßburg und auf die Wache und da mit den Polizisten gesprochen, ob er geklaut hat oder irgendwo eingebrochen ist, hatte er nicht, und ich hab's wirklich versucht, ich hab mich wirklich zusammengerissen, aber nach einer halben Stunde auf der Autobahn, da habe ich ihn dann doch gefragt, was er sich dabei eigentlich gedacht hat, einfach abzuhauen, einfach wegzurennen, es hätte ja sonst was passieren können, obwohl ich ja wusste, obwohl ich geahnt hatte, dass ihm nichts passiert ist, aber das konnte ich ja schlecht sagen, und dann war es der Hannes, der geschwiegen hat, dreizehn Jahre alt und den Schneid, mir die Stirn zu bieten. Später hat er gesagt, er wollte einfach seine Ruhe haben, in dem Zeltlager war es ihm zu laut, da habe er sich eben entschieden, die Ferien anders zu verbringen, *es war mir einfach zu laut*, und dann ist er auf die Fähre und von dort in den Zug, danach hätten ihn ein paar Studenten mitgenommen, die hat er wohl einfach an einer Raststätte angesprochen, bis nach Karlsruhe haben die ihn mitgenommen, den Rest sei er gelaufen. Gelaufen. Und was die sich erst dabei gedacht hätten, diese Studenten, habe ich gefragt, einfach so einen völlig fremden Jungen mitnehmen, vollkommen unverantwortlich ist das doch. Das hätten ja auch sonst was für Leute sein können, Verrückte oder Verbrecher, aber da hat er nur gelacht und den Kopf geschüttelt. Und außerdem, habe ich ihn gefragt, was wolltest du denn in Straßburg?

Remi war mal in Straßburg gewesen, das hat er mir später erzählt, mit seiner ersten großen Liebe, und am ersten Tag hätte er sich so fürchterlich besoffen, dass er das Bett im Hotel vollgekotzt hat. Ich war noch nie in Straßburg, ich kann mich nur an die Schilder an der Autobahn erinnern, fett und weiß, Saarbrücken oder Heidelberg und irgendwann Straßburg, auf der Fahrt in die Schweiz oder nach Italien. Als wir zu Hause ankamen, da hat der Remi Hannes gefragt, warum er nicht einfach gesagt hat, dass es ihm im Zeltlager nicht gefällt, das wäre doch kein Problem gewesen, ein Anruf, und wir hätten ihn abgeholt, aber da hat der Hannes nur mit der Schulter gezuckt. Als wir dann später im Bett lagen, meinte Remi doch tatsächlich, dass wir gerne mal nach Straßburg könnten für ein paar Tage, rauskommen und nichts tun, aber ich habe ihn gefragt, was wir jetzt machen sollen mit Hannes, denn wir könnten ihm das nicht durchgehen lassen, es muss ja eine Strafe geben, irgendeine Strafe, damit er es lernt, damit er lernt, nicht einfach so abzuhauen. Aber was dann?, hat Remi gefragt, was das bringen würde. Das würde den Jungen nur sturer werden lassen, wenn wir den jetzt hart bestrafen, meinte er, *das ist keine gute Idee, Milla, lassen wir den Jungen einfach.* Und dann hat er mir noch erzählt, dass er auch mal abgehauen ist, als er ungefähr so alt war wie der Hannes, doch Remi hat es nur bis zu einem Freund nach Bornheim geschafft, wo er drei Tage lang im Partykeller der Eltern geschlafen hat und wieder nach Hause ist. *Über die Türschwelle bin ich gekrochen,* hat Remi gesagt, und dass er da erst so richtig begriffen hat, wie gut es ihm eigentlich geht, wie gut es uns allen geht. Ja, habe ich geantwortet, lass uns nach Straßburg, vielleicht im nächsten Sommer, wenn es ruhiger in der Spedition ist, wenn weniger los ist. Doch wir haben es nie geschafft. Immer kam etwas dazwischen.

Damals, als ich den Hannes in Straßburg abholte, da habe ich eine von den alten Kassetten aus dem Handschuhfach gehört, an die konnte ich mich gar nicht mehr erinnern, denn der silbergraue 190er E war ja Remis Wagen, ich bin meistens einen aus der Firma gefahren, aber wir haben oft Kassetten gehört, wenn wir unterwegs waren, Remi mochte *Crosby, Stills and Nash* und solche Bands, der Hannes hat nur selten Musik gehört, ich habe einfach irgendeine Kassette ins Fach geschoben und bin losgefahren, da habe ich mich wenigstens so gefühlt, als wäre ich nicht allein, als würde ich nicht ganz allein losfahren, um meinen Sohn abzuholen, unseren Sohn, und danach hätte es wieder etwas Wichtigeres zu tun gegeben, Arbeit oder sonst was, und wir hätten alles wieder vergessen, mit der Musik war es anders, die hat etwas mit mir gemacht, *Creedence Clearwater Revival* und *Spencer Davis* und *Humble Pie*, Remi meinte immer, Steve Marriott sei der beste Sänger, den er jemals gehört hat, und erst vor Kurzem habe ich in irgendeiner Zeitung gelesen, dass er mit Zigarette im Bett eingeschlafen und dann in einem großen Feuer umgekommen ist. Auf der Fahrt nach Straßburg habe ich diese Kassette gehört, jede Seite zweimal, an die Musik erinnere ich mich noch gut, ansonsten an nicht mehr viel, Straßen und Gebäude sehen alle gleich aus, die verschwinden aus deinem Kopf, als hättest du sie nie gesehen, als hätte es sie nie gegeben, übrig bleiben nur ein paar Ortsnamen, von denen man immer glaubt sie irgendwo irgendwann schon einmal gelesen zu haben. Ich dachte, auch Emsdale kommt mir bekannt vor, aber das konnte ja nicht sein, manchmal hat man das einfach, dass man denkt, man kennt etwas bereits oder erinnert sich an etwas, obwohl es nicht sein kann, obwohl du noch nie zuvor da gewesen bist, aber als Russ während der Fahrt das Radio angemacht hat, lief da ein Song von Bob Seger, der auch auf der Kassette war, die ich damals gehört hab, als ich nach Straßburg gefahren bin, und da dachte ich so bei mir, dass alles irgendwie zusammenhängt und nichts jemals wirklich verloren geht.

10
RUSS

Filets sind die besten Stücke Fleisch. Ein Stück Butter in der Pfanne auslassen, ein bisschen Salz und Pfeffer. Filets gelingen immer, selbst wenn du schon sechs oder sieben Dosen Molson getrunken hast. Allerdings verzichte ich seit ein paar Jahren auf Schweinefleisch, weil ich gehört habe, dass Schweine so klug wie fünfjährige Kinder werden können.

Ist gar nichts verkehrt an einem Waschbären. Ich jage sie am Fluss oder an den Mülltonnen, die ich immer offen lasse, damit der Geruch sie anlockt. Ich benutze die alte .22er meines Vaters, mit einem aus Taschenlampengriffen gebauten Schalldämpfer, obwohl es verboten ist. Aber Gott und die Regierung können ihre Augen nicht überall haben. Wenn das Fell abgezogen und die Innereien entfernt sind, sieht ein Waschbär genauso aus wie ein Hase. Der größte Unterschied sind seine Duftdrüsen, die wie Körner unter der Fettschicht wachsen, vor allem in den Armbeugen und am oberen Rücken. Am besten entfernt man sie mit der Spitze eines scharfen Jagdmessers. Danach wäscht man das Fleisch mit kaltem Wasser ab und schiebt es mit gewürfelten Karotten, Zwiebeln und Sellerie für eine halbe Stunde in den Ofen. Die wirkliche Kunst ist die Füllung. Jeder hat sein eigenes Rezept. Ich vermenge eine

Tasse Brotkrumen und eine Tasse ausgedrückte Ananas, würze mit Salbei, frisch geschnittener Petersilie und einer Prise Oregano. Damit fülle ich den Waschbären, vernähe alles mit einem Stück Angelschnur und lasse ihn bei 325° Fahrenheit für zwei Stunden garen. Das Rezept habe ich von Roger, der früher im Norden in den Camps gekocht hat. In den Camps gibt es ein paar ungeschriebene Regeln. Eine davon besagt, dass der Koch die wichtigste Position innehat. Bevor die Männer anheuern, erkundigen sie sich nach dem Namen des Kochs, und nur wenn er einen guten Ruf hat, kommen sie, um in den Wäldern zu arbeiten.

Roger sah aus wie ein junger Gary Cooper. Er tauchte Anfang der Siebziger in Huntsville auf, und bald darauf sprach die ganze Stadt über die famosen Steaks, die der neue Koch im *Red Deer* zubereiten würde. Die Steaks waren wirklich verdammt gut. Wenn ich es mir leisten konnte, bestellte ich als Vorspeise geräucherten Mozzarella, dann Tenderloin mit gedünstetem Gemüse und dazu jede Menge kaltes Bier. Roger ließ sich nur selten im Gastraum blicken, doch es gab diesen einen Abend, an dem wir gemeinsam an der Theke standen und im Fernsehen die Übertragung der Play Offs verfolgten. *Leafs* gegen *Canadiens*. Erste Runde. Drittes Spiel. Er erklärte mir, dass das beste Fleisch von Rindern stamme, die mit Alfalfa, Melasse und Heu gefüttert werden, das halte die Muskelfasern elastisch und mache das Gewebe fest, aber nicht fett. Die Leafs verloren das Spiel und damit auch die zweite Serie in Folge gegen den großen Rivalen. Roger öffnete eine Flasche amerikanischen Rye, den er von einem seiner Brüder geschenkt bekommen hatte, und wir tranken auf die Niederlage und das Fleisch gut gefütterter Rinder und wünschten uns eine gute Nacht. An mehr kann ich mich nicht erinnern.

An den Moment, in dem ich Helen das erste Mal gesehen habe, erinnere ich mich ganz genau. Die ersten Tage eines langen, heißen Sommers, sie stand auf der Veranda und hatte sich gerade eine Zigarette angezündet. Ihre Haare waren noch feucht und streng zurückgekämmt. Der helle Bademantel schimmerte an ihr wie eine zweite Haut. Ein auf Hochglanz polierter Sportwagen parkte in der Einfahrt. Die Haustür stand weit offen. Ich nahm den Fuß vom Gaspedal, doch sie blickte nur abwesend in den Himmel.

Manchen Menschen sieht man an, dass sie an einen bestimmten Platz gehören, dass sie tief mit dem Land und seinen Geistern verwachsen sind. Helen ist hier immer eine Fremde geblieben. Sie stammte aus einem der Vororte von Toronto, war elegante Geschäfte und Einkaufsstraßen gewohnt. Die verführerischen Lichter der Großstadt. Bars und Restaurants. Der Norden blieb für sie ein schmutziges und kaltes Geheimnis. Ihr Mann eröffnete seine neue Praxis in Huntsville, und mit den Jahren fand sie sich damit ab, dass sie bleiben würden. Nach und nach hörte man Geschichten darüber, warum sie Toronto verlassen mussten. Es war von Spielschulden und Ehebruch die Rede, aber niemand erfuhr jemals die ganze Wahrheit. Ich habe Helen nicht gefragt, und es hat mich auch nie interessiert.

Ihr erster Mann hieß Richard, ein hagerer Typ mit olivfarbenem Teint, der gerne teure Anzüge trug und stolz auf sein ausländisches Cabriolet in *racing green* war. Er sprach mit einem verschmitzten Lächeln und machte den Anschein, als höre er jedem aufmerksam zu. Seine Praxis lief gut, obwohl es nicht die einzige in der Stadt war. Wahrscheinlich vertrauten die Leute einem Mann aus der Metropole mehr als einem alten Zahnklempner, der in Gummistiefeln praktizierte und nebenbei noch mit Vieh handelte. Schon bald darauf zogen sie in eine Villa mit privatem Seezugang und zweistöckigem Bootshaus, das sie aufwendig renovieren ließen. Manchmal träumte ich davon, sie frühmorgens dort zu treffen, wenn noch niemand sonst auf den Beinen war. Wir würden uns auf den vom Wasser umspülten Steinen gegenüberstehen und gemeinsam in den Sonnenaufgang blicken.

Das Haus lag versteckt hinter einer Mauer aus Bäumen, geschützt vor fremden Blicken. Nur das warme Licht aus den oberen Räumen schimmerte durch die Äste hindurch. Oft fuhr ich die zusätzlichen Meilen, nur um dieses Licht zu sehen.

Damals habe ich keine Probleme mit meinen Zähnen gehabt. Ich war überhaupt noch nie bei einem Arzt gewesen außer dem einen Mal, als sich ein Muttermal auf meinem Kopf entzündete. Streng genommen war auch das kein Arzt gewesen, sondern ein Schlangenölverkäufer, der sein Wissen angeblich von einem Schamanen aus den nördlichen Territorien erlernt hatte. Er war sich sicher, dass in dem Hohlraum unter meinem Muttermal ein Dämon lebe, dessen böse Kräfte mein Gehirn vergifteten. Aus diesem Grund sollte ich die Stelle dreimal täglich mit einer Lösung aus Quecksilber einreiben. Doch als sich nach Wochen der Behandlung keine Besserung einstellte, schlug er mir einen chirurgischen Eingriff vor und versicherte mir hoch und heilig, dieser würde kurz und schmerzlos werden. Danach schrieb er eine Liste mit Dingen, die er für die Prozedur benötigte und für die ich bezahlen sollte, da er aus Gewissensgründen kein Geld für seine Dienste annehmen dürfe. Die Liste enthielt unter anderem Jod, Verbandsmull, eine Literflasche *Old Grand Dad* und eine Packung Rasierklingen. Zwei von den Klingen blieben übrig. Die Narbe spüre ich noch heute, wenn das Wetter umschlägt. Dämonen verlassen einen nie so ganz.

Ich wollte einfach sein Gesicht sehen, seinen Händedruck spüren. Ich sagte, ich hätte große Schmerzen in einem Backenzahn, und vereinbarte einen Termin bei seiner Sekretärin, einer rundlichen Brünetten, die früher in einer Trading Post gearbeitet hatte und die mich keines Blickes würdigte. Im weiß gestrichenen Wartezimmer saßen bereits eine Mutter mit ihrem Kind, das ständig quengelte, und ein alter Mann, der auf seinem Stuhl vor sich hin schlummerte und dabei leise schnarchte. Ich starrte aus dem Fenster auf die Straße hinaus, dachte über kühles Bier und Steaks nach und hörte auf die Geräusche hinter der verschlossenen Holztür am Ende des Gangs. Mechanisches Surren. Metallisches Kratzen. Unterdrücktes Stöhnen. Ich sah nacheinander den Jungen und den alten Mann mit geschwollenen Wangen und aus den Mundwinkeln triefenden Blutfäden die Praxis verlassen und hatte mich schon fast umentschieden, als die Brünette doch noch meinen Namen aufrief.

Er saß auf einem Drehhocker neben dem Behandlungsstuhl und hielt eine Karteikarte aus dünnem Papier in der Hand. Eine Haarsträhne klebte an seiner verschwitzten Stirn. Ich blickte ängstlich auf den Stuhl, ein schweres Gerät mit verchromtem Sockel und butterfarbenen Plastikbezügen, und da lächelte er nur und meinte, ich solle mich ruhig setzen. Als ich mich gesetzt und meinen Mund geöffnet hatte und er mit seinen glänzenden Werkzeugen prüfend gegen meine Zähne klopfte, fühlte ich mich so, wie sich ein Raubtier in einer Falle fühlen muss.

Ich spürte seinen Atem an den ausgetrockneten Innenseiten meiner Wangen und las währenddessen das Kleingedruckte auf den Diplomen, die hinter Glas gerahmt an der Wand hingen. Kalter Chirurgenstahl drückte auf meine Zunge. Der Geschmack von Blut an den Lippen. Manchmal notierte er etwas auf der Karteikarte, tauschte eines der Instrumente aus und kratzte dann weiter an meinen Zähnen herum. Als er begann, die Melodie eines alten Kinderliedes vor sich hin zu summen, fragte ich mich, ob Helen ihn Dick nannte, wenn sie allein waren. Ich erinnerte mich an sie wie an etwas, das eigentlich nicht hätte da sein dürfen.

Irgendwann waren wir fertig. Meine Zähne seien in einem miserablen Zustand, ich benötige dringend eine Behandlung, um den Verfall aufzuhalten, und ob ich mir sicher sei, dass meine Krankenversicherung auch für die Kosten aufkomme? Ich teilte ihm mit, dass ich in meinem Leben noch nie eine Krankenversicherung besessen hätte und immer alles bar zahle, und da lachte er und schüttelte den Kopf auf eine Weise, wie es sonst nur Großväter oder Prediger tun. Ich stand von dem Stuhl auf und verließ die Praxis ohne ein weiteres Wort.

In Earl Whites Kellerkneipe trank ich drei oder vier oder fünf doppelte Whiskey hintereinander und fuhr halb betrunken über Schleichwege nach Hause, wo ich aus dem Keller eine Connecticut holte, deren Schneide ich erst im vergangenen Winter geschärft hatte. Dann suchte ich im Lager das schönste Stück, das ich finden konnte. Jeder Schlag knallte wie ein Schuss aus einer .30–06. Ich schlug, bis nur noch Späne übrig waren. Erst danach war es vorbei. Die meisten Menschen werden nicht schön oder klug oder besonders geboren. Sie leben im Schatten, nicht im Licht. Sie leben ungesehen und unbemerkt, heimlich wie wilde Tiere. Niemand weiß, was Glück für sie bedeutet. Niemand weiß, wen sie lieben und wer sie liebt.

Ich versuchte, nicht mehr an Helen zu denken, und hatte sie schon fast vergessen, bis zu jener sternenklaren Nacht einige Jahre später. Ich befand mich auf dem Rückweg aus North Bay, wo ich mit einem Metis Felle und Waffen getauscht hatte. Es war ein lohnendes Geschäft für mich gewesen. Im Radio lief Countrymusik, in der Mittelkonsole stand eine offene Halbliterflasche J. P. Wisers, und ich rauchte eine der Zigarren, die mir der Händler zum Abschied geschenkt hatte. Im ganzen Wagen roch es nach Fellen – ein Geruch, den ich seit meiner Kindheit liebe und der sich nur schwer beschreiben lässt: Talg, zerstoßene Fichtennadeln und nasses Haar. Ich dachte an das allererste Fell, das ich jemals besessen hatte. Das Fell eines Fischers, der noch vor dem ersten Frost gefangen worden war, die dunkelbraune, fettfeuchte Decke von einem seltsam bläulichen Schimmer durchsetzt. Ich nahm einen Schluck aus der Flasche und versuchte, mich zu erinnern, gegen was ich das Fell eingetauscht hatte, als ich die rot glühenden Rücklichter am Straßenrand vor mir bemerkte. In ihrem gedämpften Schein die Umrisse von etwas Großem, Dunklem. Dann erkannte ich die Schaufeln und den lang gezogenen Kopf.

Der Elch lag mitten auf der Fahrbahn in einer schwarz glitzernden Lache. Splitter der Windschutzscheibe schwammen in seinem zähflüssigen Blut. Aus der Flanke ragten gebrochene Rippen, die Hälfte der Schnauze war abgerissen, die Zähne lagen frei. Da war ein schleifendes, schabendes Geräusch, Metall rotierte über Metall. In der Luft der Gestank von verbranntem Plastik und Kühlflüssigkeit. Ich folgte dem Geräusch bis zum Rand des Scheinwerferlichts. Der Wagen hatte den Elch gerammt, war durch die Wucht des Aufpralls von der Fahrbahn abgekommen und hatte sich überschlagen. Die Fahrertür hing gestaucht in den Scharnieren, der leuchtend grüne Lack war abgeplatzt. Auf dem Sitz ein Körper, über dem Steuer zusammengesackt. Das dunkle Tier, aus dem Nichts aufgetaucht. Vielleicht hatten sie gelacht und gescherzt. Einen Drink oder zwei. Kein Fehler wird dir jemals verziehen. Aus einem Ventil entwich laut zischend Dampf, der sich in der Nachtluft verflüchtigte. Danach stoppte das metallische Geräusch. Der Kotflügel fühlte sich an, als habe der Wagen stundenlang in Gluthitze gestanden.

Ich legte meine Hand auf seine Schulter. Das Hemd, das er trug, war glatt und feucht, aber ich sah kein Blut. Sein Aftershave stieg mir in die Nase, es war dasselbe wie ein paar Jahre zuvor, als ich aus der Praxis gestürmt war. Unter dem Stoff fühlte sich sein Körper hart und kalt an. Ohne Kraft, ohne Spannung. Ich sprach ihn an. Die Stille dröhnte in meinen Ohren. Ich sehe sein Gesicht vor mir, ich sehe es noch heute vor mir. Dann erblickte ich Helen, die ich nur noch aus meinen Träumen kannte, und doch war sie da, ein verkrümmtes Etwas mit blutiger Stirn, weit unten im Fußraum wie etwas Abgelegtes, Vergessenes. Ich schob seinen leblosen Körper zur Seite und griff auf den Beifahrersitz. Da war ein warmer Punkt, an dem ich zerrte, bis ich ein erschöpftes Stöhnen hörte. *Sieh mich an*, sagte ich, *alles wird gut*. Sie lächelte und wurde ohnmächtig.

Sie lag zusammengesunken vor dem Beifahrersitz, den Kopf zwischen den Knien. Der Gurt hatte sich tief in das weiche Fleisch an ihrem Hals geschnitten. Eine blutig rote Linie lief vom Ohr bis unter den Saum des Kleides. Ich kletterte über das zerdellte Dach, löste den Gurt und hob sie vorsichtig aus dem Fond. Es war eine kalte Nacht. Ich legte sie auf die Erde und deckte sie mit meiner Jacke zu.

Ich weiß nicht, wie lange ich neben ihr gestanden habe. Nie zuvor hatte ich das Gefühl, so wenig zu wissen. So wenig tun zu können. Irgendwann wurde ich erlöst. Motorengeräusche drangen von der Straße den Hang herab. Der weit geöffnete Lichtkegel einer Taschenlampe tauchte zwischen den Bäumen auf. Rufe schallten durch die Nacht. Schritte im Unterholz. Als mich der Lichtstrahl erfasste, hob ich meine Hände, als hätte ich Schuld an der Sache.

Roger trat aus der Dunkelheit, ging an mir vorbei zu Helen, tastete sie auf Verletzungen ab und stabilisierte ihre Lage.

Danach wollte er weiter zum Wrack, doch ich hielt ihn am Arm fest und schüttelte nur den Kopf. Ich wollte einschlafen und erst Wochen später wieder aufwachen. Nichts von alldem wäre passiert.

Wir trugen Helen den Hang hinauf. Nachdem wir sie auf den Rücksitz von Rogers Truck gelegt hatten, erwachte sie aus ihrer Ohnmacht und sah uns mit wirrem Blick an. In den weit aufgerissenen Augen nichts als der blanke Schock. Sie wollte aufstehen, redete sinnloses Zeug und fragte uns, wo ihre Handtasche sei, sie müsse sich dringend die Lippen nachziehen. Roger strich ihr über das blutverschmierte Gesicht und sagte, dass er sie jetzt in ein Krankenhaus bringen und alles wieder gut werde. *Alles wird gut.*

Ich fuhr nach Strong auf das nächstgelegene Revier der O. P. P., wo ich einem der Officer berichtete, was geschehen war. Ich hinterließ Namen und Adresse und legte mich dann schlafen. In dieser Nacht träumte ich von Schatten, die mich verfolgten, und von einem Hirsch, aus dessen Augen weiße Frauenhaare wuchsen. Sie lag wochenlang im Krankenhaus in Huntsville. Ich wollte sie besuchen, blieb aber immer auf dem Parkplatz im Wagen sitzen. Zwei Jahre später fand ich in meinem Briefkasten eine Einladung, auf der in goldener Schnörkelschrift stand: *Roger & Helen heiraten.*

Ich wusch mein weißes Hemd von Hand und rasierte mich zweimal. Sie feierten im neu eröffneten *White Pine,* in einem der am Seeufer gelegenen Pavillons. Auf den Tischen lagen Spitzendecken und Plastikrosen, Weinflaschen kühlten in Bottichen voller zerstoßenem Eis. Sie wirkte glücklich. Ich schüttelte ihre Hand, wünschte der Braut alles Gute und wusste doch in jedem Moment, dass sie sich nicht mehr an mich erinnern konnte. Ich blieb nicht lange. Das Glück anderer Menschen ist nicht meine Sache. Einige Wochen danach tauchte Roger in der alten Schule auf. Er tat so, als interessierte er sich für ein paar der Möbel, und verhandelte mit mir sogar über Preise, aber er war eben ein guter Koch und kein guter Schauspieler. Jeden Winter lud er mich zur Jagd auf Weißwedel ein. Über die Jahre wurden wir so etwas wie Freunde.

Damals saß ich oft in dem Wintergarten, den ich selbst an mein Haus gebaut hatte. Eine Sammlung alter Bärenfallen, von der ich mich nicht trennen konnte, hing an den mit Holz verkleideten Wänden. Es gab kein elektrisches Licht, und im Winter heizte ich mit einem gusseisernen *Ransom*. Doch von dem schmalen Fenster aus konnte ich den Fluss sehen, und das machte mich zufriedener als alles andere auf der Welt.

11
MILLA

Vor ihr auf dem Küchentisch lag eine neue Karte, das Papier noch unbeschrieben. Sie versuchte, sich an das Wort zu erinnern und drückte die Spitze des Füllfederhalters auf die Linierung. Sie hatte seit ihrer Schulzeit nicht mehr so viel geschrieben. Sie las das Wort ein letztes Mal, dann stand sie auf und ging ins Gästebadezimmer am Ende der Diele. Vor dem Spiegel kämmte sie sich die Haare, verteilte ein paar Tropfen Parfüm auf Hals und Wangen und zog das Hemd an, das sie am Vormittag bei einem Geschäft für Anglerbedarf in South River gekauft hatte.

Russ kam pünktlich um Viertel vor sieben.

»Es wird Hühnchen, Bohnen und Squash geben«, sagte er und legte eine Hand auf den Sechserträger *Labatt blue* auf der Mittelkonsole. »Und an das Wichtigste habe ich auch gedacht.«

»Sieht nach Regen aus«, sagte Milla und öffnete die Beifahrertür.

»Ja, besser, wir beeilen uns.«

Milla öffnete das Seitenfenster, der Rauch ihrer Zigarette zog aus dem Spalt.

»Bist du mit dem Kamin weitergekommen?«

»Ich habe ein paar Findlinge ausgegraben.«

»Die haben den ersten Siedlern das Leben zur Hölle gemacht. Konnten kein Feld vernünftig pflügen. Mussten alle paar Schritte anhalten und die verfluchten Dinger aus der Erde holen. Wusstest du das?«

Sie schüttelte den Kopf.

»Und ein Kamin braucht gute zwei Jahre zum Trocknen.«

»Darüber denke ich nach, wenn er fertig ist.«

Sie fuhren schweigend der Dämmerung entgegen. »Mein Vater hat den Song hier geliebt«, sagte Russ dann und drehte das Radio lauter. »Es ist ein Song über einen Mann, der von seiner Arbeit in den Wäldern am Pukaskwa zurückkehrt, die Taschen voll hart verdientem Geld, aber sein Geist ist rastlos, und tief in seinem Inneren weiß er ganz genau, dass er nie sesshaft werden wird. An einem zugefrorenen See beobachtet er einen Schwarm Wildgänse, die vor dem Winter flüchten, und wünscht sich, wie sie auch einfach davonfliegen zu können. Ist ein echter Klassiker.«

»Sentimentaler Mann, dein Vater.«

»Alle Männer werden irgendwann sentimental«, erwiderte er und bog in die Einfahrt zu Helens Haus ab.

Die untere Etage war hell erleuchtet, die Tür stand offen.

»Da stimmt etwas nicht«, sagte Russ und hielt neben der Garage. Milla folgte ihm auf dem Pfad, der zwischen den Beeten zum Haus führte. Zimtfarbene Kürbisse wuchsen aus der Erde, die Früchte so groß wie der Kopf eines Kindes. Bohnen rankten an dünnen Stangen in die Höhe. Sie drehte eine Hülse ab und brach sie in der Mitte durch. Das Fleisch war bereits saftig grün.

Russ erschien in der Haustür. »Helen ist nicht da«, sagte er. »Der Ofen ist an, der Tisch gedeckt ... aber ich kann sie nirgendwo finden.«

Milla ließ die Bohne in ihre Hosentasche gleiten und folgte ihm durch die Diele in die Küche. Der Geruch von gebratenem Fleisch drang ihr entgegen. Auf dem Herd offene Töpfe. Kartoffeln und Bohnen in kochendem Wasser. Im Ofen eine Kasserolle aus Glas, die Haut des Hühnchens schwarz angebrannt. Passendes Geschirr für drei Personen. Eine halb volle Flasche Rotwein. Tomaten. Ein frischer Laib Brot.

»Stiefel, Jacke, Schlüssel, alles da.« Russ rieb sich über das Kinn. »Ich habe im ganzen Haus nachgesehen.«

»Vielleicht ist sie nur kurz etwas besorgen?«

»Nein«, sagte er. »Helen vergisst nichts.«

Milla ging weiter ins nächste Zimmer und suchte den Lichtschalter. Ein hoher Raum, bis unter die Decke vollgestellt mit Möbeln. Sie ließ ihren Blick über Regale voller Dosen und alter Munitionspackungen gleiten. Auf dem hellen Linoleumboden eine Spur aus roten Tropfen.

Die Taschenlampe fühlte sich kalt und schwer an in ihrer Hand. Russ ließ den Motor im Leerlauf und die Scheinwerfer eingeschaltet.

»Nicht mehr als zwanzig Schritte von mir entfernt«, sagte er und ging voraus. Äste knackten unter ihren Sohlen. Schatten kamen ihnen entgegen. Sie gelangten zu einer schmalen

Lichtung. Stille. Atmen. Das Geräusch des fließenden Wassers. Der sandige Boden des Ufers. Russ, der immer wieder ihren Namen ruft.

Das Haus lag hinter ihnen in der Dunkelheit.

Milla folgte der Flussbiegung.

Eine Bewegung nahe dem Wasser.

Die Silhouette einer Person.

Sie saß neben einem Stein im Sand, die Hände in den Schoß gelegt, frisches Blut an ihrer Schläfe.

Sie lächelte.

»Hast du Roger gesehen?«

Milla ließ die Taschenlampe langsam sinken. »Wir werden ihn finden«, sagte sie. »Wir finden ihn bestimmt.«

12
RUSS

Die Ärzte konnten nichts tun. Es sei nicht dasselbe, wie wenn man sich einen Knochen bricht. Diese Wunden heilen. Sie entschieden, dass Helen nicht mehr allein leben dürfe, und als ein paar Wochen später in einem Pflegeheim nahe Barrie ein Platz frei wurde, verkauften die Treuhänder Haus und Grundstück.

Helen hatte für Notfälle einen Schlüssel in einer Blechdose auf der Veranda deponiert, das wusste ich. Dann saß ich stundenlang draußen auf den Treppen, voller Zweifel an mir selbst. Da war die Erde in den Beeten schon längst vertrocknet. Die Bohnen verfault. Schließlich ging ich durch die Garage ins Haus und ließ das Licht ausgeschaltet. Die Küche unberührt. Teller. Gläser. Besteck. Auf dem Herd noch die Töpfe. Tote Fliegen schwammen im Wasser. Das verbrannte Hühnchen im Ofen.

Ich war nur dieses eine Mal im oberen Geschoss gewesen. Die Stufen blank und glatt. Stickige Luft. Ich drückte ein Ohr gegen die geschlossene Schlafzimmertür und hörte mein eigenes Blut rauschen. Die Tür zum nächsten Zimmer stand offen. Ein langer, dunkler Raum. Schränke voller nummerierter Aktenordner. Ich setzte mich an den Schreibtisch vor dem

Fenster und zog den Vorhang zur Seite. Der Magnetawan floss hinter den Bäumen grau und still. Auf der Unterlage alte Rechnungen, Steuerunterlagen, ein Haufen ungeöffneter Briefe. Ein gerahmtes Foto von Roger und Helen an den Niagara Falls. Sie schauen in die Kamera und lachen. In der Schublade ein noch verpackter Stapel liniertes Papier. Kugelschreiber. Heftzwecken. Reisepässe. Ich nahm ihren aus der Schutzhülle und blätterte durch die Seiten. Verblichene Stempel aus Kuba, Israel, Frankreich. Ich legte den Pass wieder zurück und schloss die Schublade.

Das Badezimmer war geräumig, mit Holzfußboden und einer großen Wanne. In den Regalen Parfümflaschen, Seifen und Porzellanfiguren. Ich schaltete das Licht am Schrank über dem Waschbecken an. Da war Zigarettenasche auf meiner Wange, ich wischte sie mit dem Daumen weg. Ein verschmutztes Gesicht in einem Spiegel, den niemand mehr braucht.

Unten in der Küche nahm ich mir ein Bier aus dem Kühlschrank und setzte mich damit an den Tisch. Eine Spinne mit langen dünnen Beinen kroch über die Teller. Helen hatte immer an diesem Platz gesessen, mit dem Rücken zum Herd, die Tür stets im Blick. Es war das einzige Mal, dass ich allein in ihrem Haus gewesen bin.

Kurz darauf stellten sie den Strom ab.

13 MILLA

Der Sommer ist ein Lebewesen. Über allem der Geruch von verfaulenden Früchten und offenen Blüten, dicht und süß wie warmer Branntwein. Fliegen kreisten um den Kadaver einer Maus. Streunende Katzen lagen im hohen Gras und rollten sich müde zusammen.

Es war ein heißer Tag. Sie hatte sich vor diesem Datum gefürchtet, die Zahlen in den vorangegangenen Tagen und Wochen überall entdeckt.

Auf der Digitaluhr in der Küche.

Dem Display des Satellitenradios.

In Preisen und Kassenbons.

Einen Moment lang stand sie so da, die Augen geschlossen. Seit über einem Monat hatte sie nichts mehr von Russ gehört. Eine der Katzen lief über den Schotter und verschwand im Schatten hinter der Scheune.

Dann stellte sie den Hebel auf *Choke* und zog am Anwerfseil. Die Säge glitt mühelos durch den Stamm der umgestürzten Föhre. Sie trug die Stücke vor das Haus und spaltete sie dort auf einem niedrigen Bock. Das Arbeiten mit der Axt fühlte sich gut an. Den Körper spüren. Die Muskeln angespannt. Sie stapelte das Holz im Leerraum unterhalb des Dachschenkels. Vier Scheite übereinander und die nächste Reihe quer darüber. Die Mittagssonne brannte auf die Landschaft herab. Dinge entfernten sich. Schatten tauchten auf, scheinbar losgelöst von den Gegenständen. Ein leises Summen in ihrem Kopf. Sie ließ die Axt im Gras neben dem Bock liegen und ging die River Road hinunter über die Brücke, vorbei an Brachland und Trailern, die verlassen zwischen Bäumen standen.

Hinter dem Waldstück begannen die ersten Ausläufer des Pickerel Lake. Nahe dem Ufer ragte ein Eiland aus schroffem Gestein aus dem flachen Wasser. In der Untiefe davor schwammen zwei Seetaucher, ihre Schwänze unsichtbar, die roten Augen aufmerksam beobachtend. Ein Außenborder bewegte sich in einer langen Geraden und schneller Fahrt von der Seemitte aus bis vor die Gasse. Der Mann, der das Boot lenkte, trug ein schwarzes T-Shirt, darüber eine moosgrüne Anglerweste. Seine Augen waren hinter den verspiegelten Gläsern einer Sonnenbrille versteckt.

Milla hob die Hand und grüßte. Der Motor tuckerte im Leerlauf. Flache Wellen erreichten das Ufer. Die Sohlen ihrer Stiefel versanken im Schlick.

»Verlaufen?«

Sie schüttelte den Kopf. »Wollte nur aus der Hitze.«

Der Mann sah in den blauen Himmel. »Ja, Wahnsinn.«

»Angeln?«, fragte sie und zeigte auf das Boot.

»Ich habe drüber nachgedacht, aber ...« Er machte ein schmatzendes Geräusch mit seinem Mund und fuhr sich mit der Zungenspitze über die Oberlippe. »Ist einfach zu heiß, oder?«

»Wahrscheinlich.« Milla nickte. »Aber ich habe mit meinem Sohn auch schon bei solcher Hitze geangelt.«

Der Mann beugte sich leicht nach vorne und sah auf seine Hände, auf die geschwollenen weißen Knöchel. Sein Blick schweifte über den See und verharrte dann auf der Steininsel. Er schüttelte den Kopf. »Ist wirklich zu heiß.«

Die Sonne funkelte über der Wasseroberfläche.

»Na dann«, sagte Milla und nickte ihm zu. »Ich gehe mal weiter.«

»Okay«, sagte der Mann und zuckte mit den Schultern.

Hinter der Uferböschung drehte sie sich noch einmal um und sah ihm nach. Wie er den Motor hochdrehte, das Boot mit schwerfälligen Bewegungen um die Insel lenkte. Die Seetaucher erhoben sich mit ein paar Flügelschlägen aus dem Wasser und verschwanden am Horizont. Im tiefen Becken des Sees wurde das Boot zu einem flirrenden weißen Punkt. Immer noch konnte sie das Dröhnen des Außenbordmotors hören. Auf der River Road folgte sie dem gelben Mittelstreifen. Eine Meile, anderthalb. Trucks fuhren an ihr vorbei. Manche Fahrer hupten. Einer grölte etwas, das von lauter Musik und Motorengeräuschen verdeckt wurde.

Das Blatt der Säge war mit Spänen und Öl verschmutzt. Unter den Kapseln des Gehörschützers verschwand jedes Geräusch. Es herrschte eine Stille, in der sie nicht nachdachte. Sie hatte noch nicht genug. Sie wollte sich verausgaben. Ein neuer Baum hinter dem Haus. Groß und kräftig. Eine weitere Aufgabe. Sie klopfte gegen den Stamm und spürte dumpfes Vibrieren. Fallkerbe aussägen. Rinde entfernen. Keil in den Schnitt legen.

Die Hand hat ihr eigenes Gedächtnis. Der Baum kippte und fiel ins Gras. Der Geruch von frisch geschlagenem Holz. Sie schob den Gehörschutz von den Ohren und spürte Regentropfen an Hals und Nacken.

Ich sehe Hannes immer allein, wenn ich an ihn denke, dann ist er immer allein, nie mit Dirk oder Remi, und ich frag mich das die ganze Zeit, warum ist das so?, aber dann hab ich verstanden, dass er nicht allein ist, denn ich bin da, ich sehe ihn ja, und das bedeutet, er ist gar nicht allein, ich bin immer bei ihm.

Das Gewitter war kurz und kräftig. Der Regen sättigte die Erde und reinigte die Luft. Der Himmel klarte auf. Neues Licht. Sie ließ die Motorsäge im Unterstand und ging zurück ins Haus. Ein Fingerbreit *Crown Royal.* Sie trank das Glas in einem Zug leer und stellte die Flasche auf den Küchentisch. *Manchmal trinkt man und weiß, es wird nie genug sein.* Draußen der gefällte Baum. Dunkel und mächtig, doch ohne jede Wurzel. Sie sah auf das Glas in ihrer Hand und goss nach. Ihr angestrengtes Atmen. Die Sinne betäubt vom Alkohol. Draußen die Nacht. Das Gras schimmerte silbern im Mondlicht.

Sie wachte vom Geräusch eines laufenden Motors auf. Ihr Kopf lag auf dem ausgestreckten Arm, die Glieder taub. Das Scheinwerferlicht schmerzte in ihren Augen.

Eine Fahrzeugtür wurde geöffnet.

Jemand stieg über ihren Körper hinweg.

Sie konnte die Wärme der Person spüren, sie riechen.

Tabak. Rasierwasser. Waffenöl.

Milla hielt seinen Arm fest.

Russ antwortete nicht.

Er fasste sie unter den Achselhöhlen und zog sie zum Auto.

»Du musst mir helfen«, sagte er und hob sie langsam in die Kabine. Ihr Körper schwer und schweißfeucht.

Sie rollte sich auf dem Beifahrersitz zusammen.

Russ sprach aus weiter Entfernung.

Der vibrierende Motor.

Reifen auf regennassem Asphalt.

Leise Musik.

Ein kühler Luftzug auf ihrem Gesicht.

Sie sah die Nacht durch halb geschlossene Lider.

Eine verschwommene und dunkle Bewegung.

Sie lachte.

Ein kurzer Ruck. Der Wagen stoppte.

Russ ließ die Fahrertür offen. Sich entfernende Schritte. Dann geschah eine Zeit lang nichts. Nur das Summen von Insekten in der Dunkelheit. Schließlich spürte sie seine warme Hand auf ihrer Wange.

»Milla«, sagte er. »Was hast du gemacht?«

Sie rutschte vom Sitz.

Ihr Blick ziellos.

Treppen.

Ein langer und lichterfüllter Raum.

Der Geruch von kaltem Rauch.

Sie spürte noch, wie Russ eine Decke über ihr ausbreitete.

14
MILLA

Mein Vater hatte Wald, der hat ein kleines Stück am Rothenbach besessen, guter Bestand und eine Menge versumpfter Teiche, ich erinner mich gut, wie er da Holz gemacht hat, wir sind immer mit einem uralten hellblauen Lada hin, den hatte er dem ehemaligen Förster für einen schmalen Taler abgekauft, ich durfte auf seinen Knien sitzen und lenken, manchmal kam auch der Dirk mit, wir sind dann durch den Bach und haben uns hinter Eichen versteckt, und Vater hat uns erklärt, welche Spuren das im Schlamm sind, meistens die von Wildschweinen, aber gesehen haben wir nie eins.

Die Tage waren lang, wir haben gar nicht mitgekriegt, wie die Zeit vergangen ist, und abends sind wir einfach umgefallen, kein Zähneputzen mehr, kein nix, direkt ins Bett, Augen zu, so kaputt waren wir, später hat mein Vater den Wald dann verkauft, weil er das nicht mehr geschafft hat, aber ich hab mich immer gern dran erinnert, und da dachte ich eben, wär doch eine runde Sache, ein paar Hektar, und als ein gutes Angebot reinkam, hab ich's eben gemacht. Der Hannes, der mochte den Wald von Anfang an, sonst hat er ja nicht viel geredet, aber wenn er aus dem Wald kam ... ist immer bis abends dageblieben, an den Wochenenden und in den Ferien ist er mit dem Rad hin, hat in den Teichen da geangelt und sich auch immer im Bach gewaschen – wie ein Wilder, hab ich gesagt, aber er mochte das eben. Zu der Zeit, als ich den Wald gekauft habe, da hatte er gerade einen Jungen aus der Nachbarschaft kennengelernt, die Familie war erst vor Kurzem in die Straße gezogen, und die beiden mussten sich erst mal prügeln, aber als das dann aus dem Weg war, wurden sie beste Freunde. Tomasz hieß der Junge, große Familie, ich glaube, fünf oder sechs Kinder, es waren Mennoniten, vernünftige Leute, der Vater arbeitete Doppelschichten bei *Dynamit* und die Mutter in einem Schreibwarengeschäft an der Kaiserstraße, ansonsten blieben die unter sich, haben gesungen und in Hochbeeten Gemüse angebaut, doch der Tomasz kam auch mit auf den Hof und hat sich da die Lkws angesehen, kluger Junge, gut in der Schule, ich glaube, der Mutter war das anfangs gar nicht so recht, weil sie dachte, der Hannes ist schlechter Einfluss und würd ihren Jungen verderben, war natürlich Blödsinn, das haben die dann auch schnell gemerkt.

Die beiden haben viel Zeit zusammen verbracht, ganze Nachmittage im Wald, und die haben nie was erzählt, irgendwann hab ich auch nicht mehr gefragt, das war ihre Sache, und das sollte auch so bleiben, man muss nicht immer alles wissen, manchmal ist es besser, nicht alles zu wissen. Ging fast zwei Jahre, Tomasz war oft bei uns und hat von seinen Verwandten in der Ukraine erzählt oder dass er später mal Medizin studieren will, der hat immer so deutlich gesprochen und nie Kraftausdrücke benutzt, wirklich gut erzogener Junge, das muss man so sagen, man wusste einfach, aus dem wird mal was, der hat das Zeug dazu, das habe ich zumindest so bei mir gedacht, und ich hab natürlich auch gehofft, dass der Hannes sich da vielleicht schon eine Scheibe von abschneidet, so wie der Tomasz das macht, sich um seine Geschwister kümmern und in der Schule aufpassen und fleißig sein, es war dann hart für den Hannes, als der Tomasz weggezogen ist, das kam ganz plötzlich, der Vater hatte bessere Arbeit gefunden, saubere Arbeit und gutes Gehalt, und das ist ja gar keine Frage, man zieht eben dahin, wo das Geld ist, war gar nicht weit weg, vielleicht dreißig, vierzig Kilometer, Vorort von Köln, aber in dem Alter sind das natürlich Welten, das wusste ich, es war nicht einfach für den Hannes, sein bester Freund, und auf einmal war er nicht mehr da, und ich glaube, das Schlimmste war, dass Tomasz sich dann einfach gar nicht mehr gemeldet hat, einmal noch hat er uns besucht, das war an Hannes' Geburtstag, da sind sie dann wieder in den Wald, und abends ist er in den Bus runter in die Stadt zum Bahnhof, und danach haben wir den Jungen nicht mehr wiedergesehen, kein Anruf, keine Nachricht, wie vom Erdboden verschluckt. Ich glaube, der Hannes hat das nie gesagt, aber er hat's gedacht, dass vielleicht irgendwas mit ihm nicht stimmt und dass auch der Tomasz denkt, dass irgendwas mit ihm nicht stimmt, der Hannes hat geglaubt, sie sind Freunde, richtige Freunde, aber was kann das für ein Freund sein? Einer, der einfach so verschwindet und sich nicht mehr meldet, der sich nie wieder meldet, der einen vollkommen vergisst, als sei da nie etwas gewesen, als habe man den anderen gar nicht gekannt?

Ich habe ihn selten so gesehen, man hat richtig gespürt, dass ihm der Tomasz fehlt, und ich habe auch gespürt, dass es da etwas gab, das er nicht sagen konnte, nicht sagen wollte, wahrscheinlich weil er dachte, wir verstehen es sowieso nicht, aber der Tomasz hat das eben schon verstanden, so muss es ja gewesen sein, die hatten da etwas Gemeinsames, und jetzt war er wieder allein. Ich war dann froh, als der Hannes sein Abi endlich in der Tasche hatte, er war ja der Erste in der Familie, und keiner hatte eine Ahnung, wie es nun weitergehen soll von wegen Studium und so weiter, Hannes hat alles selbst herausgefunden, und als er mir sagte, er wolle Ingenieur werden und dass er auf die TH nach Aachen geht, ist mir erst mal ein Stein vom Herzen gefallen, weil ich dachte, was ist, wenn er jetzt sagt, er will Kunst oder sonst was Abgehobenes studieren, wo wir gar nicht mehr mitreden können? Aber dann dachte ich, Aachen, das ist doch fast um die Ecke, es wäre vielleicht besser gewesen, wenn er weiter wegkommt von zu Hause, weil das bei meinem Bruder Dirk damals auch so war, als der eingezogen wurde, musste der ab in den Norden, da war er dann ganz auf sich gestellt, und am Anfang ist ihm das schwergefallen, wenn du das erste Mal weg bist von zu Hause ist das eben nicht einfach, aber du musst ja trotzdem irgendwie zurechtkommen, und als der Dirk wieder zu Hause war, da hat er gesagt, das sei das Beste gewesen, was ihm jemals passiert ist, vorher hätte er sich kaum selbst die Schuhe zubinden können, aber wenn du eben keinen hast, dem du ständig in den Ohren hängen kannst mit Dingen, die nicht so funktionieren, wie du es gerne hättest, musst du es eben selbst versuchen, auch wenn du dabei auf die Schnauze fällst.

Und Hannes, ich dachte ja, ich hab's zumindest gehofft, dass er dort auch andere Leute kennenlernt, weil nach der Sache mit Tomasz fiel ihm das immer schwerer. Er kam zwar jedes

Wochenende heim, aber verändert hat er sich doch. Eine Mutter spürt das, eine Mutter spürt so etwas einfach. Der Hannes hat viel gelesen und gelernt in seinem Zimmer, und ich glaube, Aachen hat er gar nicht gerne gemocht, über das Studium hat er jedenfalls nie viel erzählt, aber manchmal hat er einen Sachen gefragt, von denen man nicht wusste, worauf er damit hinauswill. Einmal hat er mich gefragt was ich lieber wäre – ein Stein, eine Taube oder der Zahn eines Tigers? Er würde ein Stein werden wollen, weil niemand genau wüsste, wie es da im Inneren aussieht. Und wenn nachher ein Kind kommt und den Stein aufhebt und ihn in einen Fluss schmeißt, dann sinkt er langsam auf den Grund, und später klopfen die Fische an und lauschen, ob sich im Stein nicht doch etwas bewegt. Ich glaube, dass es in einem Stein still und dunkel ist, das hat der Hannes zu mir gesagt, und ich hab ihm geantwortet, dass wir das nicht wissen können, und da hat er nur genickt und gemeint, dass wir eben alle Rätsel sind.

Gestern habe ich mich auf meinem Grundstück verlaufen. Russ hatte mir da schon von erzählt, dass das immer wieder passiert, Menschen, die sich auf ihrem eigenen Land verlaufen, meistens sind es zugezogene Städter, die verloren gehen und gesucht werden müssen, weil sie die Wälder unterschätzen und nicht damit rechnen, dass ihnen selbst so etwas passiert, so etwas passiert immer nur den anderen. Du lernst hier schnell, was ein Weg ist und dass es nicht immer auf Zeit ankommt. Ein Weg, das ist etwas Natürliches, denn tausend Schritte haben ihn gemacht. Jemand war vor dir an diesem Ort und ist durch dieses Land gegangen, hat mit offenen Augen alles gesehen, was vor ihm lag, jeden Stein und jeden

Baum und jeden Fluss, und du folgst seinen Spuren, du verlässt dich auf ihn und auf seine Erfahrung und auch auf die Erfahrung aller anderen, die diesen Pfad vor dir gegangen sind.

An diesem Morgen bin ich runter zum Fluss, saß eine Weile an der Hütte und bin dann einfach los, am Ufer entlang und von da immer tiefer in den Wald, und dann wurde es still und kühl, und ich habe aufgehört zu denken, ich habe richtig gespürt, wie mich alle Gedanken verlassen haben, als würde ich sie einfach ausatmen. Schritt für Schritt weiter, ich konnte nicht anders, als würde es nur diesen und keinen anderen Weg geben, als wäre dieser Weg mein Weg, als hätte er all die Jahre auf mich gewartet.

Man weiß erst nicht, dass man sich verlaufen hat, dass man die Orientierung verloren hat, man bleibt stehen, schaut sich um und versucht, sich an einen Baum oder einen Stein oder irgendetwas anderes zu erinnern, aber da ist nichts, und dann begreifst du es langsam, meine Hände haben gezittert, mir wurde kalt, und in meinem Kopf hat sich alles gedreht, du stehst da ganz allein, und niemand weiß, wo du bist, und irgendwann kommt die Furcht, und dann musst du aufpassen, dass du nicht einfach losrennst, denn das macht die Furcht mit dir, dass du wegrennen willst, Hauptsache, weg, aber das ist ein Fehler, das kostet dich nur Kraft, und du dämmerst weg, und dann wird es noch gefährlicher.

Russ hat mal vor ein paar Jahren ein junges Paar gefunden, das sich auf ihren 400 Acres verlaufen hatte. Die Söhne kamen an sein Haus und haben wie wild an die Tür geklopft und ihm alles erzählt, und dann haben sie angefangen zu weinen, weil sie dachten, sie sehen ihre Eltern nie wieder, aber Russ hat die Jungs beruhigt und ist mit ihnen zu der Stelle gefahren, an der ihre Eltern in den Wald sind, von dort ist er weiter eine Schneise entlang, die vor Jahrzehnten von den Elektrizitätswerken in das Dickicht geschlagen worden war, und hat so lange gehupt, bis er Hilfeschreie hörte. Dann musste er die Jungs erst mal zurückhalten, weil die beiden sonst einfach losgerannt wären und sich bei der Suche wahrscheinlich selbst auch noch verlaufen hätten. Am Ende hat er sie dann im Wagen eingeschlossen und ist allein mit seiner Taschenlampe los und hat ihre Eltern schließlich an einem Felsen ganz in der Nähe gefunden und sie sicher wieder nach Hause gebracht. Er sagte, dass der Mann nicht mal einen Kompass dabeihatte, weil er glaubte, sich einfach nicht verlaufen zu können.

Das ist mein Weg, das war mein Weg, ich bin ihn wie im Schlaf gegangen, und dann stand ich auf einmal mitten im Nichts, alles so dunkel und still wie in dem Stein, von dem der Hannes mir erzählt hatte, da war nur der Gesang eines Vogels, ein seltsam lang gezogenes Stottern, fast wie ein alter Motor, Russ meinte später, dass es sicher Ziegenmelker waren, und es gab einen Moment, da dachte ich, jetzt schließt du die Augen, und das war's, alles vorbei, doch auf einmal sehe ich Licht durch die Bäume schimmern, zuerst nur ganz schwach, diesem Licht bin ich gefolgt und irgendwann an einer Straße rausgekommen, und dann ist es so gewesen, als wäre ich aus einem langen Traum aufgewacht.

Ich hab fast zwei Stunden nach Hause gebraucht, die Pevensy runter, an stillen Häusern vorbei über die Brücke und weiter auf der River Road bis ganz ans Ende, die Scheune im Mondlicht, und da wurde mir klar, dass es meine Scheune bleiben wird, bis Ruhe ist.

15
MILLA

Sie hörte seine Stimme, Lachen. Das fahle Licht der Dämmerung schien durch das Fenster. Ein bitterer Geschmack auf ihrer Zunge. Sie schloss wieder die Augen und fiel in einen unruhigen Schlaf.

Sonnenlicht weckte sie.

Sie lag auf der Seite, das Gesicht zum Fenster.

Die Decke um ihren Arm gewickelt.

Sie konnte ihr Herz schlagen hören.

Du fühlst das in dir, du spürst es wie etwas Fremdes, Schweres, wie Blei, und das Gefühl verlässt dich nicht mehr, nie mehr, du darfst und sollst und wirst es keinem sagen, weil du dann schwach bist, du bist schwach, und du warst schon immer schwach, werden sie sagen, und irgendwann glaubst du es selbst, dass du schwach bist, und dann wird aus Schwäche Schuld, aber es ist doch so, wenn du etwas verloren hast, was du liebst, dann suchst du danach, ich weiß nicht, du suchst und suchst, aber was ist, wenn du nichts mehr findest, wenn du nichts mehr finden kannst und es keine Antworten mehr gibt?

Sie folgte der langen Diele. Der Holzboden kühl unter ihren nackten Füßen. Vor den Wänden standen Metallregale, in den

Fächern stapelten sich alte Magazine, Akten und vollgeschriebene Zettel. Der Gang führte weiter in eine verwinkelte Küche. Auf dem gusseisernen Herd kochte Wasser in einer silbernen Schwanenhalskanne. Über der Spüle hing ein schmales Brett, darauf Tassen, Becher, eine halb volle Flasche *Crown Royal.*

Russ erschien aus dem Dunkel des Raums und zeigte auf einen Schaukelstuhl vor einem großen, weit geöffneten Fenster. »Ist eigentlich mein Platz.«

Milla setzte sich. Der Stuhl kippte leicht nach hinten.

»Ich sitze hier«, Russ zeigte auf einen Punkt über den Bäumen, »und genau da geht der Mond auf.«

Sie sah aus dem Fenster auf einen Streifen blauen Himmel. »Ja«, sagte sie und nickte.

»Ich wollte dir eigentlich ein paar der Hühnchen vorbeibringen.« Russ stellte einen Becher auf den Tisch neben dem Schaukelstuhl. »Kaffee ist jetzt das Beste für dich.«

Sie legte einen Finger auf das Holz der Lehne und schob ihn langsam gegen die Maserung.

»Schon gut«, kam ihr Russ zuvor. »Trink einfach.«

Der Kaffee war stark und schwarz. Sie nahm einen Schluck und hielt den warmen Becher in den Händen.

»Willst du eine Aspirin?«

»Mir geht es gut.«

Russ setzte sich neben sie an den Tisch. »Wird wieder ein heißer Tag«, sagte er und griff nach den Zigaretten in seiner Hemdtasche.

»Ja«, sagte sie leise.

Russ gab ihr Feuer. Rauch füllte den Raum.

Milla atmete ein und blickte auf die Glut. »Wäre ein guter Tag zum Angeln.«

»Angeln?«

»Ja«, sagte sie. »Macht den Kopf klar.«

Russ lehnte sich auf dem Stuhl zurück. »Seeforelle mit Zitronenhälften, und kurz bevor du den Fisch vom Grill nimmst, übergießt du ihn mit flüssiger Knoblauchbutter.«

Milla pfiff leise durch die Zähne. »Ich habe lange nicht mehr gegrillt.«

»Dann sollten wir das tun.«

Russ legte beide Hände auf das Lenkrad. »Ich dachte an Lake Bernard«, sagte er und startete den Motor.

Im Rückspiegel eine dichte Wolke aufgewirbelter Staub. Bis ans Ende der Pickerel Lake Road, abseits der Straße Häuser, Generationen alt und verwittert. Sie passierten das Sägewerk, das seit Jahren stillgelegt war. Das brachliegende Land längst verwildert, Weißbirken sind dort gewachsen. Weiter an Felsformationen vorbei, durch die der neue Highway gesprengt wurde, auf den schroffen, steilen Kanten standen Inuksuk, uralte Stammessymbole und Wegweiser. Hinter Berriedale sahen sie zwei wilde Truthähne am Straßenrand, die Häupter stolz erhoben, das schwarze Gefieder metallisch glänzend. Der See schmiegte sich in die Landschaft, eine glatte Fläche aus Frischwasser. Keine Insel. Keine Felsen.

Russ lenkte den Wagen von der Straße. »Ich parke beim Northridge Inn. Dann gucken wir nach Booten.«

Trucks mit den Kennzeichen anderer Provinzen, die hellrot

leuchtende Schrift New Brunswicks, das alte Motto *La belle province* auf der Plakette eines dunkelblauen Civic. Er hielt neben dem Hauptgebäude. Die Außenwand des rechteckigen Baus mit grauen Rissen überzogen, die getönten Fensterscheiben verschmiert.

»Gut«, sagte er und nickte. »Wir sind da.«

Die meisten Cottages waren noch nicht bezogen, Türen und Fenster weit geöffnet, Reinigungswagen standen in den Eingängen. Zwei Frauen in blassgrüner Uniform wischten die Böden. Sie grüßten mit einem müden Kopfnicken. Russ zeigte auf einen Steg, an dem mehrere Boote hintereinander vertäut auf dem Wasser lagen, Carolina-Skiffs und größere Flachboote. »Vielleicht hätte ich das Yellowfin nicht verkaufen sollen.« Dann winkte er ab. »Aber für so ein Boot brauchst du Zeit.«

Am südlichen Ende der Campingplatz, eingebettet in Hunderte Acres Kiefern- und Birkenwald. Große Schilder wiesen den Weg auf die *Hydro*- und *Pull thru*-Stellplätze. Vereinzelt parkten moderne RVs auf dem Gelände, dazwischen ein Triple E in klassischem Braun, die Felgen glänzten in der frühen Sonne. Der See lag ruhig da, der Wind wehte schwach von Osten. An einem der Stege begutachteten Männer ihre Boote. Russ griff in seine Hosentasche und zog eine Geldklammer heraus. »Ich will nicht zu Tucks', der Alte benimmt sich immer wie ein Arschloch, und dann seine Preise ...« Er schüttelte den Kopf. »Ich frage den Mann hier.«

Milla wartete auf dem sandigen Pfad. Russ grüßte den Mann mit einer kurzen Geste. Sie gingen ein paar Schritte den Steg entlang, sprachen miteinander und kehrten dann langsam wieder zum Boot zurück.

»Nehmen Sie Forellenruten und leichten Tackle mit«, sagte der Mann und nahm die Mütze ab. Seine Glatze war schweißnass. Er fuhr sich mit der Hand über die Stirn. »Die Thermokline verläuft um die fünfzig Fuß. Das Südende ist flacher, da könnten Sie mit etwas Glück ein paar Hechte fangen, aber Forellen sind hier ganz klar die Hauptattraktion.«

Russ nickte. »Danke für die Tipps«, sagte er und zählte die Scheine zwischen Daumen und Zeigefinger ab. Der Mann sah auf das Bündel Banknoten. »Meine Frau hat letztes Jahr eine Kommode bei Ihnen gekauft«, sagte er und nahm die Scheine an sich. »Sie liebt diesen alten Kram einfach.«

»Antiquitäten«, sagte Russ und blickte dem Mann auf seine glänzende Stirn. »Ich verkaufe keinen alten Kram.«

»Antiquitäten«, wiederholte der Mann und schob die Scheine unter den Saum seiner Mütze. Dann deutete er zu einer weiter entfernten Stelle im Uferbereich. »An den Docks lauert vielleicht noch der eine oder andere Barsch.«

Russ sah kurz zu Milla. »Ich weiß nicht genau, wie lange wir draußen bleiben.«

Der Mann zuckte mit den Schultern. »Ich sitze drüben im Red Brick.« Er zog einen kleinen schwarzen Kasten aus der Westentasche. »Der Transponder für das TDS. Einfach drücken und auf das grüne Licht warten, sonst tut sich nichts.«

Im Kofferraum lag ihre gesamte Ausrüstung. Rucksack, Ruten, Kescher, Kühleinheit und Köderbox.

»Gutes Boot.« Russ drückte Milla die Ruten in die Hand. »Am High Rock habe ich mal einen Black Crappie rausgeholt.« Er schloss die Fahrertür ab und klemmte sich die Kühleinheit unter den Arm.

Milla stach die Ruten mit den Griffenden fest in den Kies. »Und hast du ihn gegrillt?«

»Ihre Flossen leuchten golden, wenn du sie ins Sonnenlicht hältst«, sagte Russ und lachte. »Nein, ich habe ihn wieder reingeschmissen.«

Die Wärme des anbrechenden Tages sammelte sich in der Senke vor dem Wasser und stieg langsam vom Boden auf. Der Himmel reines, helles Blau. »Forellen fressen bis ungefähr elf, aber es ist noch kühl genug«, sagte Russ. »Sie haben vor Sonnenaufgang schon ein paar gute Fänge gemacht, habe ich gehört. Wir sollten uns beeilen und Schatten suchen.«

Milla roch die Köder. Russ hatte die Box mit Köpfen und Flossen von Pfrillen morgens aus dem Eisschrank genommen und zum Auftauen vor das Haus gestellt. Der faulige Gestank war bis in die Küche gezogen und ihr seitdem nicht mehr aus der Nase gegangen. Am gegenüberliegenden Ufer leuchtete das Gestein des High Rock fast weiß. Sie stellte die Box auf den Steg und tauchte ihre Hände ins Wasser. Das Gefühl der Übelkeit schwand.

Russ entsicherte den Außenborder. Die LED wechselten von Rot auf Grün, der Motor sprang mit einem peitschenden Geräusch an. Er winkte sie heran und zeigte auf einen Platz am flachen Bug. Milla legte die Ruten längs auf die Bohlen. Eine Wanderdrossel glitt in niedrigem Flug über das Boot hinweg. Farnbündel schwammen auf dem Wasser und verschwanden unter dem Steg. Russ setzte sich auf die hinterste Bank, die Beine angewinkelt, auf dem Kopf seine ausgebeulte DEWALT-Kappe. Mit einem Ruck löste sich das Boot vom Steg.

Wind strich über ihr Gesicht. Das Geräusch von Wasser, das sich an Aluminium bricht. Ein Blick über die Schulter durch halb geöffnete Lider. Auf der Wasseroberfläche harte Kanten, die erst im Sonnenlicht sichtbar wurden. Der See offenbarte seine tiefsten Stellen, in dessen kühler Schicht sich die Fische sammelten. Im Süden verjüngte sich das Gewässer zu einem schmalen Bassin, das von einer Holzbrücke und verkrauteten Sandbänken begrenzt wurde. Dort ließen sie das Boot treiben und blieben unterhalb von High Rock liegen. Die große Felsformation spendete ihnen Schatten.

»Guter Platz«, sagte Russ und ließ den pilzförmigen Anker ins Wasser gleiten. »Auf dem Grund ist es zu kalt, und es gibt zu wenig Sauerstoff. Wir fangen bei sechzig Fuß an und arbeiten uns weiter nach oben, bis wir Fische finden.« Er schob sich die Kappe aus der Stirn, öffnete die Köderbox und befestigte den grau glänzenden Kopf einer Pfrille an einem der Haken. »Die Jigs von Meegs sind einfach die besten«, sagte er und warf die Angel mit einer flüssigen Bewegung aus. Die Schnur beschrieb eine lange und gerade Linie, der beköderte Gummifisch versank trudelnd im Wasser. Russ hielt die Rute in der Waagerechten und wartete, bis der Köder die richtige Tiefe erreicht hatte, dann zog er die locker gebliebene Schnur mit einer aufschnellenden Bewegung wieder ein, um sie danach erneut langsam absinken zu lassen.

»Geht's dir wieder besser?«

Milla griff in die Köderbox, nahm einen der Pfrillenköpfe heraus und betrachtete ihn in der offenen Hand. »Ich dachte, wir sind zum Angeln hier.«

Sie warfen Linie um Linie, bis Russ den Inhalt der Köderbox über Bord kippte. »Ist ein heißer Tag«, sagte er und sah dabei zu, wie die halbierten Pfrillen auf dem grünlich schimmernden Wasser davonschwammen. »Und wir haben immer noch nicht gefrühstückt.«

Die Sonne stand im Zenit, als sie den Schattenbrunnen unter High Rock verließen. Über dem Wasser oszillierte das Licht zwischen den unterschiedlich warmen Luftschichten. Sie vertäuten das Boot am Steg und gingen über den sandigen Pfad zurück, die prickelnde Hitze im Nacken. Milla nahm die Ruten auseinander und verstaute die Ausrüstung im Kofferraum. Russ wusch noch die leere Köderbox mit Seewasser aus und legte sie dann zum Trocknen ins Gras.

Von der Außenterrasse des Red Brick konnten die Gäste die Promenade und das Ufer bis zum See überblicken. Die Männer saßen an einem der Tische in der hintersten Reihe, die Haut an ihren Unterarmen von der Sonne gerötet, ihre speckigen Kappen hatten sie tief ins Gesicht gezogen. Sie tranken Bier aus Flaschen und rauchten selbst gedrehte Zigaretten. Russ legte den Transponder auf den Tisch und verabschiedete sich mit einem Kopfnicken.

Durch die geöffneten Seitenfenster drang der Fahrtwind. Im Radio ein Song von Van Morrison. »Stromausfall«, sagte Russ und zeigte auf den laufenden Generator, der hinter dem

Hauptgebäude des Blue Roof Cafe stand. Ein Van fuhr an ihnen vorbei, laute Rockmusik dröhnte aus dem Innenraum. Auf dem Rücksitz zwei Mädchen, offene Bierflaschen in den Händen. Sie beugten sich kreischend aus dem Fenster.

Russ schüttelte den Kopf. »Idioten aus der Stadt.«

Die Warteschlange reichte bis auf den Parkplatz. »Was ist passiert?«, fragte Russ einen Mann in einem ölverschmierten Overall.

»Ein Baum ist in die Überlandleitung gestürzt. Sind schon den ganzen Morgen dran.«

»Letztes Mal hat es drei Tage gedauert.«

Der Mann lachte. »Denen hier geht der Diesel nicht aus, da bin ich mir sicher.«

Gäste kamen, Gäste gingen. Leere Teller wurden abgeräumt. Bestellungen serviert. Musik. Stimmen. Der Ventilator an der Decke verwirbelte die feuchte Luft. Russ legte eine Hand auf die Theke und bestellte zweimal Reuben Sandwich und Ginger Ale. Die Frau hinter dem Tresen notierte alles auf einem Zettel und starrte dabei auf das Geldbündel in seiner Hand. Ein Tisch am hinteren Fenster wurde frei.

»Kanntest du Roger eigentlich gut?«

»Warum fragst du?«

Milla zuckte mit den Schultern.

»Roger hat viel angefangen und wenig zu Ende gebracht.« Russ hob seine Augenbrauen. »Und ja, ich kannte ihn gut.«

Milla nahm eine Gabel aus dem Korb, der auf dem Tisch stand, und legte sie auf die Serviette.

»Das Haus ist eines der ältesten in der Gegend. Groß und

gute Lage. Aber Helen musste verkaufen. Alles wird teurer.« Er atmete aus. »Ich hätte es abgerissen.« Einen Moment später stellte die Bedienung zwei Teller auf den Tisch. »Ich bringe euch noch das Ginger Ale«, sagte sie und wischte sich die Hände an der Schürze ab.

Russ blies Luft in seine Wangen. »Meine Güte«, sagte er und drehte den Teller so, dass das Sandwich in der Mitte lag. Geröstete Roggenbrothälften hielten die geschichteten Scheiben Pastrami, Käse und Sauerkraut zusammen. Auf dem Teller eine Pfütze aus Senf und russischem Dressing. Die Bedienung stellte zwei Dosen eiskaltes Canada Dry neben ihre Teller.

Der erste Biss in das warme Brot. Milla schloss die Augen. Sie aßen schweigend, den Blick auf ihre Teller gerichtet.

Russ trank den letzten Schluck seines Ginger Ale und drehte die leere Dose zwischen den Händen hin und her.

»In New York machen sie das Sandwich mit Corned Beef, das Fleisch kommt aus der Brust, wird zuerst gepökelt, und dann kocht man es im eigenen Saft.« Er wischte sich mit der Serviette über Mundwinkel und Fingerspitzen. »Das ist wie mit Poutine – du kannst sie in allen Provinzen kaufen, aber sie schmeckt nur in Quebec richtig gut.«

»Warst du mal in New York?«

»Nah dran«, sagte Russ. »Niagara Falls.« Er beugte sich nach vorne und tippte mit dem Finger gegen die leere Dose. »Ich wollte dir vorhin nicht zu nahe treten.«

»Die Sandwiches sind gut«, sagte Milla und atmete warmen Zigarettenrauch ein, der durch die offene Tür zog. »Ich habe Geburtstag gefeiert und zu viel getrunken. Passiert.«

»Warum hast du nichts gesagt?«

»Weil es nicht mein Geburtstag war«, sagte sie. »Es war nicht mein Geburtstag.«

Auf der Rückfahrt spürte sie die Müdigkeit. Der Magnetawan glänzte im Sonnenlicht wie flüssiges Silber. Alles welkte in der nachlassenden Hitze. Russ hielt vor dem Haus und blickte auf seine Armbanduhr. »Wir hatten kein Glück.«

»Man kann nicht immer Glück haben.«

Er nickte. »Um die Sachen im Kofferraum kümmere ich mich.«

Milla öffnete die Beifahrertür und rutschte vom Sitz. »Hast du irgendwas von Helen gehört?«

»Nein«, sagte Russ. »Nichts Neues.«

»Warst du sie besuchen?«

Er umfasste das Lenkrad mit beiden Händen. »Ich kann sie so einfach nicht sehen ...«

»Vielleicht nicht heute«, sagte Milla und schloss die Tür. »Vielleicht nicht morgen ...«

»Ja, irgendwann«, sagte Russ und lehnte sich in den Sitz. Sie schwiegen einen Moment, dann zeigte er auf den Wald hinter dem Haus. »War der Fischer noch mal da?«

Milla schüttelte den Kopf.

»Ist seltsam«, sagte Russ. »Manches sieht man nur ein einziges Mal und erinnert sich doch immer daran.«

»Danke«, sagte Milla und klopfte zum Abschied auf die Motorhaube. »War ein guter Tag.«

16
RUSS

Manchmal glaubst du, du hast die Dinge verstanden. Dann begreifst du, dass alles ganz anders ist und du doch nichts verstanden hast. Du kannst dreißig Jahre lang jeden Tag an einen Menschen denken, aber er nicht ein einziges Mal an dich. Du kommst nicht in seinen Träumen und nicht in seiner Erinnerung vor. Du bist einfach nur jemand, der das Dach oder die Pumpe repariert. Es ist, wie es ist.

Meinen ersten Kuss gab mir eine Frau, die in einer Wäscherei in Gravenhurst arbeitete und im Trailer ihres verstorbenen Bruders lebte. Wir lernten uns auf einem Flohmarkt kennen. Sie verkaufte dort Socken, Unterhemden und Küchenmesser an einem kleinen Stand. Irgendwann nahm sie mich mit in ihren Trailer, wo wir dann nebeneinander auf dem Bett saßen, Bier tranken und Fernsehen schauten. Nach der sechsten oder siebten Dose griff sie nach meiner Hand, legte sie auf ihre schlaffen Brüste und presste ihre Lippen auf meine. Sie war eine verbrauchte Frau Mitte vierzig mit rauen Händen und einem schlimmen Bein. Immer bevor ich zu ihr ging, kaufte ich eine gute Flasche im LCBO. Sie trank den Whiskey aus einer Blechtasse und schaute dabei mit feuchten Augen in die Nacht. Ein paar Jahre später fand ein Wildhüter ihren halb verwesten Körper. Sie war an einer Thrombose gestorben und hatte schon einige Wochen in ihrem Trailer gelegen. Dinge beginnen. Dinge enden. Ich hatte sie vergessen, wie man so vieles vergisst. Niemand kennt das Ende und niemand den Anfang. Wir sind mittendrin, nur wissen wir nicht, in was genau.

Ich summte die Melodie von The Wild Goose. Klarer Himmel. Spätsommerluft. Vor der *Pedro Canada* in Burks Falls standen zwei Männer in Mackinawjacken neben ihren Trucks und begutachteten ein Gewehr. Sie nickten mir zu. »Willst du dir die Winchester mal ansehen, Russ?« Ich schüttelte den Kopf. Drinnen der Geruch nach verbranntem Kaffee und Reinigungsmittel. Ich zahlte für den vollen Tank und eine Schachtel *du Maurier*.

Die Straßen waren leer. Ein gutes Gefühl, niemanden vor oder hinter sich zu haben. In den Häusern neben dem Highway warmes Licht in den unteren Etagen. Ich öffnete das Fenster und zündete mir eine Zigarette an. Hinter Huntsville ging die Sonne im kühlen Glanz des Morgens auf. Vor Bracebridge bog ich vom Highway ab und fuhr weiter Richtung Healey Lake, vorbei am *Home Depot* und dem neu gebauten *Walmart Supercentre*.

Big Chuck saß vor seinem Haus und rauchte Pfeife. »Lange nicht gesehen«, sagte er und kam die Treppe herunter.

Ich winkte ab. »Hatte viel zu tun.«

»Du machst es richtig.« Er schob die Pfeife in den anderen Mundwinkel. »Wolltest dich umsehen?«

»Ich suche nichts Bestimmtes.«

Big Chuck zuckte mit der Schulter. »Letztens waren welche

vom Film hier, die kamen aus Toronto. Suchten nach ausgefallenen Sachen für eine Serie, die sie an der Ostküste für die CBC drehen. Haben am Ende aber dann doch nur ein altes Coca-Cola-Schild gekauft.« Er lachte. »Ich habe gesagt, ihr könnt hier alles kaufen, aber zum doppelten Preis von dem, was ihr denkt.«

»Gibt kaum noch gute Auktionen, und wenn, ist es nur Kram, den nachher niemand will. Ich war am Wochenende in North Bay und habe ein paar Winchester aus meiner Sammlung verkauft.« Ich zündete mir eine Zigarette an. »Kommen die vom Film noch mal wieder?«

»Was weiß ich«, sagte Big Chuck und tippte mit seiner Fingerspitze auf die Glut. Dann drehte er sich um und zeigte mit dem Pfeifenstiel auf meinen Wagen. »Irgendwann kaufe ich dir den Fargo doch noch ab.«

»Nicht mehr in diesem Leben.« Ich schüttelte den Kopf. »Damit werden sie mich beerdigen.«

Big Chuck klopfte seine Pfeife am Türrahmen aus. »Wenn du was findest, dann lass es mich wissen.«

Die Halle neben dem Haus war niedrig und lang. Flackernde Leuchtstoffröhren hingen von der Decke. Überall Regale. Schilder. Geschirr. Radios und Plattenspieler. Neben der Tür ein voll aufgedrehter Heizstrahler, dem ich meine Hände entgegenstreckte. Weiter hinten ein paar aufgearbeitete Möbelstücke, fingerdick Staub auf den Oberflächen. Muskoka-Stühle aus Rotfichte, der Lack an den Lehnen abgeblättert. Ich drehte eine Runde und blieb vor der Halle stehen.

»Tasse Kaffee?«, fragte Big Chuck.

»Ich will noch zu Bernie.«

Er hob die Augenbrauen. »Bis runter nach Orillia?«

»Du kennst mich.«

»Bernie hat sicher ein paar gute Sachen.« Big Chuck steckte die Pfeife in seine Jackentasche. »Habe ihn länger nicht mehr gesehen.«

»Ja«, sagte ich. »Ich werde ihn von dir grüßen.«

Big Chuck wurde im Rückspiegel kleiner. Er wollte mir den Fargo schon seit Jahren abkaufen, aber manche Dinge haben keinen Preis.

Bernies Lagerhalle lag neben dem Highway zwischen einer Pioneer-Tankstelle und dem dazugehörigen Restaurant. Ich fuhr weiter bis zur Laderampe und blieb noch einen Moment hinter dem Steuer sitzen, ließ die Sonne mein Gesicht wärmen.

Die Halle war geräumig wie ein Kaufhaus, klimatisiert und taghell erleuchtet, die Gänge durchnummeriert. Bernie hatte alles: Bücher, Magazine, Kleidung. Antike Möbel, Waffen, Instrumente und Schmuck. Die meisten Gegenstände befanden sich in abgeschlossenen Glasvitrinen oder hinter Verkaufstresen. Man konnte cash und mit Kreditkarte zahlen. Es gab saubere WCs, Automaten mit gekühlten Getränken und Süßigkeiten für die Kinder. Familien verbrachten ganze Nachmittage bei Bernies.

Ich setzte mich auf die Laderampe und zündete mir eine Zigarette an. Vor dem Eingang standen zwei amerikanische Touristen, schwere Männer mittleren Alters, die verspiegelte Sonnenbrillen trugen und einen mit Federn besetzten Kopfschmuck in den Händen hielten. Sie scherzten darüber, welchem berühmten Häuptling der Kopfschmuck wohl gehört hatte. »Schönes Stück«, sagte ich, und sie nickten und nannten mir den Preis. Einen Augenblick lang überlegte ich, ihnen mitzuteilen, dass der Kopfschmuck, den sie da eben für sehr viel Geld erworben hatten, niemals von einem Häuptling, sondern von den Stammesfrauen getragen wurde. Es war ein Talisman, der im Tanz beschworen wird. Er soll Glück bei der Rebhuhnjagd bringen und böse Geister fernhalten. Ich wünschte ihnen stattdessen eine gute Reise.

In der Halle war es kälter als draußen. Ich knöpfte mir die Jacke zu und ging den mittleren Gang entlang. Die meisten Mitarbeiter kannte ich schon lange. Wir begrüßten uns mit einem wissenden Nicken. Im Hintergrund lief leise Radiomusik. Ich schaute mir die Handfeuerwaffen in den Vitrinen genauer an. Vor Jahren hatte ich Bernie einen sehr gut erhaltenen LeMat-Revolver abgekauft. Charles, ein großer, rothaariger Frankokanadier, kümmerte sich für ihn um die Waffen. Er stand an einem der Tresen und sortierte alte Munition aus einer Kiste.

»Russ«, sagte er und hob die Hand. »Ich habe hier eine Spencer. Original mit Blakeslee-Tasche.«

»Seit dem LeMat bin ich pleite.«

Er lachte.

»Ich schaue mich nur um.«

»Sind eben neue Sachen reingekommen. Auktionen, Insolvenzen. Ist vielleicht was dabei für dich. Steht alles hinten, hatte noch keine Zeit, mich darum zu kümmern.«

»Ist Bernie da?«

Charles schüttelte den Kopf. »In B. C. unterwegs.«

Das Tor an der Laderampe war hochgezogen. Mehrere in Transportfolie umwickelte Kleiderschränke standen im Eingang. Davor ein Büfett aus dunkel gebeiztem Holz und Nachtschränke aus Mahagoni. Eine Frisierkommode mit handgefertigten Eisenscharnieren und Messinggriffen. Ich strich mit den Fingerspitzen über die Patina und dachte an die fünfeinhalbtausend Dollar, die ich dafür verlangen würde. Inmitten der Möbel ein altes *Mason & Hamlin-Piano*, bei dem die meisten Tasten fehlten. Offene Kartons voller Klamotten. Mit Pailletten besetzte Kleider. Ausgebeulte Hüte. Pea-Coats und Jagdbekleidung. Manche Dinge muss man nur ein einziges Mal gesehen haben. Ich berührte die Oberfläche des Spiegels, starrte auf die roten Adern an meiner Nase und wischte mir über die Wange, aber da war keine Asche.

»Ist eine Menge Zeug«, sagte Charles, seine Stimme klang dünn in der großen Halle. Er stand so dicht neben mir, dass ich das Pfefferminzkaugummi in seinem Atem riechen konnte. »Alles in Ordnung?«, fragte er und runzelte die Stirn. »Nur die Klimaanlage«, sagte ich schnell und drehte mich um. »Ich krieg von der Luft trockene Augen.«

Als ich wieder hinter dem Steuer saß, zitterten meine Hände so sehr, dass mir die Zigarette aus den Fingern rutschte. Ich trat die Glut mit der Stiefelspitze aus und schob die Kippe unter das Gaspedal. Kurz hinter Orillia bog ich auf eine Straße ab, die an dichten Wäldern und Gebäuden vorbei zum Lake Simcoe führte. Im Schatten der Bäume konnte ich den See riechen, brack und faulig wie alle stehenden Gewässer. Ein schmaler, verwilderter Pfad wand sich durch das Gebüsch hinab zum Ufer. Die Wellen hatten jede Menge Treibgut angeschwemmt, das sich jetzt auf der Steinflur sammelte. Auf dem Wasser nur ein paar Boote unterwegs, ich hörte die Motoren aus weiter Entfernung. Am Ende des Stegs wurde es ganz still. Ich konnte Cook's Bay oben im Süden erkennen, wo der See flach und verkrautet ist und man im Winter die besten Stellen zum Forellenangeln findet. Vor dem Steg eine Düneninsel, ein lang gezogener Buckel aus Hochsand und hellem Kies, der wie ein totes, aufgeblähtes Tier im Wasser lag. Zwischen den Bohlen schwamm ein dichter Teppich aus Seegras. Ich sah mich im Wasser, wie ich mich in Helens Spiegel gesehen hatte. Mein Name ist Russ Graham. Ich wurde in einem See geboren und werde in einem See sterben.

Ein verlassenes Boot driftete die Furt vor der Insel entlang. Kalter Wind wehte den Geruch von altem Öl über den See. Ich fand den Pfad nicht mehr wieder und schlug mich stattdessen durch das Röhricht. Irgendwann trat ich auf etwas Hartes. Es war der Schädel einer Kuh, der Knochen ausgebleicht von der Sonne. Primeln wuchsen durch die leeren Augenhöhlen.

Die Uferstraße führte an Häusern mit Gärten vorbei, Motorboote lagen an Stegen. Ich sah keinen Menschen. Tankstellen. Strip Malls. Apartmenthäuser. Ich hielt vor einem LCBO, kaufte spanischen Brandy und verpackte die Flasche in einer Papiertüte. Dann checkte ich im *Best Western* auf der gegenüberliegenden Straßenseite ein. Die Frau an der Rezeption nahm das Geld entgegen und legte den Zimmerschlüssel auf den Tresen, ohne mich dabei ein einziges Mal anzusehen.

Nr. 311, dritter Stock hinten links, Doppelbett, kleiner Fernseher, ein niedriger Tisch mit Lampe. Ich öffnete das Fenster. Draußen der Verkehr. Die Neonreklame des LCBO schaltete sich ein. Zwölf Uhr mittags. Die Matratze weich und durchgelegen, die Decke gestärkt. Ich setzte mich aufs Bett, schob mir ein Kissen in den Nacken und nahm einen Schluck. Der Brandy war gut, die Jahre im Fass hatten ihn weich und geschmeidig gemacht.

Ich trank und träumte von frisch geschlachteten Hühnern. Mondlicht schien durch die Vorhänge. Die offene Flasche lag in meiner Armbeuge. Ein dunkler, feuchter Fleck auf dem Bezug. Ich stand auf und öffnete das Fenster. Die Straße lag vollkommen ruhig da. Die Ampeln an der nächsten Kreuzung standen auf Rot. Stimmen aus der unteren Etage. Mädchen kicherten. Ich schaltete den Fernseher ein und drehte den Ton ab. Ein Schwarz-Weiß-Film mit Edward G. Robinson. Den Brandy nahm ich mit unter die Dusche. Ich spürte, wie alles schwerer wurde – Jacke, Hemd, Hose. Ganz langsam saugte sich der Stoff voll. Es war ein gutes Gefühl. Das warme Wasser, die Dunkelheit und Enge.

Ich ließ die leere Flasche auf dem Toilettendeckel stehen und streckte meine Hand aus, um das Gesicht im Spiegel über dem Waschbecken zu berühren. Helen hat dieses Gesicht dreißig Jahre lang nicht angesehen. *Mein Name ist Russ Graham, und ich bin eine betrunkene Wasserleiche.*

Stechende Schmerzen im Nacken weckten mich. Ich lehnte mich mit der Stirn an das geschlossene Fenster, die Scheibe beschlug mit meinem Atem. Draußen öffneten, die ersten Geschäfte. Menschen auf den Straßen. Sie gingen ihrer Wege. Manche redeten und lachten miteinander. Manche trugen einfach stumm ihre Taschen. Die Rezeption war unbesetzt. Ich legte den Zimmerschlüssel auf den Tresen, entkleidete mich auf dem Parkplatz hinter dem Wagen, breitete dann Hemd und Hose zum Trocknen auf dem Beifahrersitz aus. Die Jacke ließ ich einfach auf dem Asphalt liegen. Während der Motor warm lief, zündete ich mir die erste Zigarette des Tages an.

Ich fuhr in Unterhemd und Unterhose los, die halb gerauchte Zigarette zwischen den Lippen. Hinter der Kreuzung erschienen die ersten Gebäude am Horizont. Barrie war bloß noch ein paar Kilometer entfernt. Die Adresse des Heims hatte ich mir gemerkt. Dann wurde die Ampel rot.

Ein Stück der Glut fiel auf meinen nackten Oberschenkel. Ich blickte auf die versengten Haare und die verbrannte Haut. Da war kein Schmerz, nur ein seltsam taubes Gefühl. Ich schloss die Augen und wartete, vielleicht auf eine Stimme, die mir sagte, was ich jetzt tun soll. Als ich die Augen wieder öffnete, hatte die Ampel umgeschaltet. Ich sah auf das grüne Licht, legte den Gang ein und bog auf den Highway ab. Die Stadt nur noch ein dunkler Schemen im Rückspiegel, fremd und unerreichbar.

17 MILLA

Später, als er schon studiert hat, da hat der Hannes immer in der Spedition geholfen, wenn das Semester vorbei war – einladen, ausladen, auftanken und mit den Papieren, harte Arbeit, und natürlich hab ich ihn gut bezahlt, ich hab schon mitgekriegt, dass ihm das Spaß macht, manchmal ist er auch mit Remi und seinen Jungs mitgefahren, auf Flachdächern Schweißbahnen verlegen mit dem Gasbrenner, da hatte er ein richtiges Händchen für.

Einmal hat er mir beim Abendessen erzählt, was er nach dem Studium machen will, Stauanlagen und Wasserstraßen bauen, das klang kompliziert und schwierig, aber Hannes meinte, im Grunde ist es das gar nicht, du nimmst einfach etwas weg und gibst es woanders dazu und versuchst, alles im Gleichgewicht zu halten. Und als ich ihm so zuhörte, da dachte ich, dass er vielleicht doch was gefunden hat, was ihn glücklich macht, aber gleichzeitig habe ich auch gespürt, wie weit er weg war, wie weit er sich von uns entfernt hatte, wie er sprach und was für Ideen er hatte, das waren ja alles Sachen, die wir nicht richtig verstehen konnten, ich habe da lang drüber nachgedacht, über uns, über ihn, und dann ist es mir so vorgekommen, als habe der Junge immer schon recht gehabt. Vielleicht sehen wir einfach nur das, was wir sehen wollen.

Das letzte Mal habe ich mit ihm gesprochen, als er allein in der Küche saß, unter der Woche und mitten in der Nacht war das, er saß da bei ausgeschaltetem Licht am Tisch, ich kam gerade von der Toilette und habe ihn in der Dunkelheit sitzen sehen und mich einfach dazugesetzt, er hat dann von selbst angefangen und mich gefragt, ob ich das Gefühl kenne, dass da nichts mehr kommt, dass das Beste schon passiert ist, und ich habe ihm geantwortet, dass ich das Gefühl natürlich auch kenne und dass das vollkommen normal ist, weil sich manchmal in einem Leben nichts bewegt, da ist es, als stünde alles still, und deswegen denkt man vielleicht, dass da nichts mehr kommt, aber im Leben, Hannes, habe ich gesagt, im Leben geht es immer irgendwie weiter, etwas kommt ja immer, wir wüssten eben nie genau, wie und was und wann, aber weitergehen tut es ja auf jeden Fall.

Vor ein paar Tagen war ich wieder auf diesem Flohmarkt in South River, der jeden Samstag und Sonntag stattfindet, ich habe ihn vor ein paar Wochen rein zufällig entdeckt – ich wartete an der Kreuzung vor den Bahngleisen und habe ein Schild auf dem Brachland neben dem Highway gesehen, und da stand: Flea Market. Ich bin den Pfeilen gefolgt, an ein paar schäbigen Garagen vorbei zu einer großen einstöckigen Halle, die voller Menschen war. Ich hab erst mal in Ruhe eine Zigarette geraucht und alles ganz genau beobachtet, das Kommen und Gehen, das Feilschen und Handeln, dann bin ich aus dem Wagen und hab mir draußen die Stände angesehen, wo man alles Mögliche kaufen konnte – Messer, Geschirr, Socken, kalte Getränke und Süßigkeiten.

Ich habe mich mit einem Brownie und einer Dose Canada Dry auf eine Bank in die Sonne gesetzt und den Leuten zugehört, wie sie miteinander gelacht und gefeilscht und alte Geschichten erzählt haben, und dann hab ich mir all die Sachen angesehen, die sie da verkaufen, jede Menge Zeug, gebrauchte Möbel und abgelegte Klamotten, Geschirr und Porzellan, gerahmte Ölbilder, Kerzenhalter, Töpfe. Beim ersten Mal hab ich mich nur umgesehen, aber da war etwas an diesen Sachen ... Wir denken da nie drüber nach, aber wir hinterlassen überall unsere Spuren, auf dem Messer, mit dem du Käse und Fleisch schneidest, auf dem Spiegel, in den du jeden Morgen siehst, wenn du dir die Haare kämmst und die Zähne putzt, auf deiner Kaffeetasse, auf allem, was du anfasst, was du benutzt, was dir etwas bedeutet. Ich hab fast nichts aus Deutschland mitgenommen, ich hab so viele Dinge zurückgelassen, weil sie sich anfühlten, als würden sie nicht mehr zu mir gehören, und auf diesem Flohmarkt in South River hab ich dann das erste Mal gespürt, dass es anderen auch so gegangen sein muss.

Letzten Samstag habe ich eine alte Fotografie gekauft, das Glas gerissen und der Rahmen schief, aber das war mir egal. Da ist eine Blockhütte drauf, nichts drum herum außer Bäumen, und davor steht ein Mann mit Schlapphut und Gewehr. Das Papier ist rissig und schon gelb angelaufen, doch sein Gesicht ist gut zu erkennen. Unter dem Vollbart lächelt er. Ich glaube, er ist glücklich, und ich weiß, dass er der Sohn von irgendjemandem gewesen sein muss.

18
MILLA

Das Blut des Großen Bären tropfte aus dem Himmel auf die Erde und verfärbte die Blätter. Vor dem ersten Frost trugen die Bäume Feuer in ihren Kronen. Sie atmeten das Jahr aus und den Winter ein.

Russ drückte die Zigarette im Aschenbecher aus und öffnete die Fahrertür. »Bist du dir sicher?«

Milla nickte. Ihre Stiefel versanken bis zum Knöchel im Schnee.

Tom wartete schon vor dem Haus. »Und? Wie gefällt dir dein erster Winter?«

»Nicht so schlimm, wie ich dachte.«

»Anfang November«, sagte Russ. »Der Winter hat noch gar nicht angefangen.«

Tom winkte ab. »Kommt erst mal rein.«

In der Küche stickig warme Luft. Ein Feuer brannte im Kamin. Auf dem Tisch drei Becher und eine Flasche Moonshine.

»Tom«, sagte Russ und setzte sich. »Ich bin zu alt dafür.«

Der Verschluss knackte, als Tom ihn von der Flasche drehte. »Über fünfhundert Acres Land, und ich weiß genau, wo der Hirsch steht.« Er goss einen Fingerbreit in jeden Becher.

»Gute Hirsche sind selten geworden«, sagte Russ und griff nach einem der Becher.

Tom trank einen Schluck und nahm Millas Blick auf. »Sie wird uns Glück bringen.«

Milla schaute sich in der Küche um. An der Wand neben dem Kamin die Umrisse eines Schranks, der dort jahrelang gestanden haben musste. Aschgraue Linien umrahmten die Leerstelle. Sie zog den Stuhl unter dem Tisch hervor. »Wo sind eigentlich deine Hunde?«

»Bei einem Freund. Vor der Jagdsaison werden sie immer nervös, dann ist es besser so.«

»Du hast sie noch nie weggegeben«, sagte Russ und nahm ihm die Flasche aus der Hand. »Was gibt es eigentlich zu feiern?«

Tom lachte. »Dass wir immer noch am Leben sind.«

Sie saßen eine Weile schweigend um den Tisch und hielten die Becher in den Händen. Draußen bedeckte frischer Schnee die umliegenden Felder bis zum Waldrand. Tom zeigte auf eine Gasse im Baumbestand, die an Tamarack und Banks-Kiefern vorbei den Hügel hinaufführte. »Da treiben wir den Hirsch runter.«

Russ überprüfte seine Waffe. Er hob sie in die Schulter, richtete den Lauf zur Decke und blickte durch das Zielfernrohr. Dann öffnete er die Kellertür und blieb im Halbdunkel stehen. »Das ist das letzte Mal, dass ich das hier tue«, sagte er zu Milla und schob das Magazin in die Kammer.

Jeder Schritt eine Anstrengung. Das einzige Geräusch der eigene Atem. Sie folgten der Baumlinie bis auf den Hügelgrat.

Milla öffnete den obersten Knopf ihrer orangen Weste und wischte sich mit dem Handschuh über das Gesicht.

»Steht da unten in der Schlucht«, sagte Tom und drehte sich zu ihr um. »Letztes Mal ist er uns entwischt.«

»Das letzte Mal ist über fünf Jahre her«, sagte Russ und stach den Gewehrkolben durch die Schneedecke. Die Ohrenklappen seiner Fellmütze hingen lose herunter.

»Woher weißt du, dass der Hirsch in der Schlucht steht?«

»Weil Anfang November die Brunft beginnt.« Russ schob sich die Mütze in den Nacken und blickte zu Milla. »Dann reiben sie ihre Geweihe an Ästen und Stämmen, graben Suhlen in die Erde und hinterlassen überall ihren Duft.«

Tom und Russ gingen voran. Zwischen den blattlosen Bäumen leuchtete die mit rotem Moos überwachsene Felsoberfläche. Sie umrundeten den Felsen und hielten sich dabei nah am Gestein. Die Baumstämme warfen lange Schattenmuster auf die Schneedecke. Ein Singvogel saß reglos auf einem armdicken Ast. Milla schaufelte sich eine Handvoll frischen Schnee in den Mund; der Geschmack rein, fast alkoholisch. Die Erde auf dem Kamm hart gefroren. Sie blieben auf einem weitläufigen Vorsprung stehen, das Tal unter ihnen eine diesige Ebene. Der Fluss ein silbergrauer Strich im Hintergrund. Tom zeigte auf einen Bruchwald hinter der Anhöhe. »Er kommt aus der Schlucht hier durch.«

Sie näherten sich einer Reihe dünner Kiefern. Milla zog einen Handschuh aus und rieb sich mit der flachen Hand über das Gesicht. Die Haut an den Wangen hart und feucht.

Russ berührte sie an der Schulter.

»Siehst du das?«, fragte er und nickte in Richtung der Kiefern. Zwischen den Bäumen befand sich eine große, ovale Mulde in der Erde. Ausgegrabene Blätter und Zweige lagen zusammengescharrt unter einem lose herunterhängenden Ast. Die angrenzende Schneedecke übersät mit Löchern und gelben Sprenkeln. Das herbe Aroma des Urins prickelte in ihrer Nase. Russ bückte sich und zerdrückte die oberste Lage Schnee zwischen seinen Fingern. »Nass.«

»Da vorne wachsen Hartriegel und Schneebeere«, sagte Tom und nahm das Gewehr von der Schulter. Er zog den Schaft an seine Wange und schwenkte den Lauf langsam Richtung Schlucht. »In der Dämmerung wird ihn der Hunger raustreiben.«

»Sie riechen dich, bevor sie dich sehen.« Russ hob sein Kinn und atmete die kalte Luft ein. »Heute passt der Wind.«

Tom nickte und schulterte sein Gewehr. »Ihr sucht euch einen Platz in dem Wald da vorne.«

Sie schauten ihm hinterher, wie er zurück über den Pass ging, jeden Schritt im Schnee ausbalancierend.

Russ setzte seine Fellmütze wieder auf. »Vielleicht ist er wirklich alt geworden.«

»Einsam«, sagte Milla. »Ich glaube, er ist einsam.«

Nur noch sein Rücken war zu sehen. Eine unscheinbare Bewegung zwischen kahlen Bäumen. Sie gingen los und ließen die Mulde hinter sich. Nach dreihundert Metern talabwärts blieb Russ vor einer natürlichen Vertiefung im Schatten einer Blaueiche stehen. Die Stelle lag unweit des Stamms und war von dichtem Unterwuchs umgeben. »Ein guter Platz«, sagte er und richtete den Lauf seines Gewehrs auf die Gasse unterhalb des Hangs. Dort ragte braunes Weidegras aus der Schneedecke. »Da kommt der Bock leicht an sein Futter.« Er legte das Gewehr in die Armbeuge und lehnte sich mit der Schulter gegen den Baumstamm. »Jetzt heißt es still sein.«

Sonnenlicht brach in dünnen Streifen durch den bewölkten Himmel. Russ ließ seinen Blick schweifen, verharrte an einem bestimmten Punkt und hielt sich das Fernglas vor die Augen. »Ich kannte mal einen Mann«, flüsterte er auf einmal. »Sein Name war Willy Hebbelein. Er lebte mit seinen beiden fast tauben Schwestern in einem winzigen Trailer an der Chetwyn Road, und ob du es glaubst oder nicht, der Mann brachte es nicht mal fertig, Wasser zum Kochen zu bringen, so ungeschickt war er. Kaum zu etwas zu gebrauchen.« Er schüttelte den Kopf. »Ich dachte natürlich, er ist dumm, ich glaube, das dachte eigentlich jeder, aber vielleicht war er nur müde vom Geschrei seiner Schwestern. Sie schrien, weil sie ihre eigenen Stimmen nicht mehr hören konnten, aber der Mensch muss seine eigene Stimme hören, sonst wird er verrückt.« Russ stellte sein Gewehr an den Stamm der Eiche. »Früher habe ich auch mal an Gott geglaubt. Ich meine, an Gott zu glauben kostet dich erst einmal nichts. Wenn es mit dir zu Ende geht und es keinen Gott gibt, zerfällst du eben einfach zu Staub, und niemanden interessiert es. Aber was, wenn es doch einen Gott gibt? Wie willst du ihm dann erklären, dass du ihn dein ganzes Leben lang für einen Fiebertraum gehalten hast?« Er hob die Augenbrauen. »Da wäre es nur mehr als fair, wenn er dich auf kürzestem Weg in die Hölle schickt, oder?«

Ein Rascheln im Unterholz.

Russ legte den Zeigefinger über die Lippen.

Sie warteten.

Stille.

»War sicher nur ein Schwarzhörnchen.«

Das einsetzende Zwielicht tauchte die Landschaft in ein konturloses Grau. Milla bewegte die Füße in ihren Stiefeln und hielt die Arme vor der Brust verschränkt. Sie berührte Russ leicht an der Schulter.

»Es wird bald dunkel«, sagte er und räusperte sich.

»Ich dachte schon, du bist eingeschlafen.«

Russ schüttelte den Kopf. »Lass uns gehen.«

Die Bewegung brachte ihre Sinne zurück. Sie spürte, wie das Blut wieder begann, durch die Adern zu fließen. Toms Haus am Ende des Feldes ein vager Schatten in der Dämmerung. In der unteren Etage brannte bereits Licht. »Licht macht die Dunkelheit nur noch schwärzer«, sagte Russ und streckte seinen Arm aus. »Hier draußen könnten uns Wölfe zerreißen, und niemand würde etwas davon mitkriegen.« Dann zeigte er auf eine Spur im Schnee, die vom Haus weg quer über das Feld führte. »Könnte auch ein Mensch gewesen sein, der hier barfuß entlanggelaufen ist.«

»Barfuß?«, wiederholte Milla.

»Willst du es herausfinden?«

Sie folgten der Spur, die in ein lichtes Waldstück auf der Rückseite des Hauses führte. Russ schaltete seine Taschenlampe ein und suchte die Schneedecke mit dem Lichtkegel ab. »Das war ein Bär«, sagte er. »Ein junger Schwarzbär.«

Milla ging noch ein paar Schritte auf den Waldrand zu.

Zwischen den Bäumen hatte sich der Schnee bereits wieder in Matsch verwandelt, Steine und Gräser wurden sichtbar. Sie horchten in die Stille.

»Manchmal passiert das.« Russ senkte die Taschenlampe. »Manchmal verschwinden Spuren einfach.«

In den Schatten bewegte sich nichts.

Milla drehte sich um. »Das hat keinen Sinn mehr.«

Vor dem Haus entlud er das Gewehr und steckte das Magazin in seine Jackentasche. »Ich hoffe, Tom hat die Flasche nicht schon allein leer gemacht.« Die trockene Wärme des Kaminfeuers drang ihnen entgegen. Milla blieb noch für einen Moment in der Tür stehen, ließ die Wärme sie umfangen, dann folgte sie Russ in die Küche. Tom saß in einem der Ohrensessel vor dem Kamin, einen Becher in der Hand. Russ öffnete das Schloss an seinem Gewehr und legte es neben die offene Flasche auf den Tisch. »Wie ich sehe, lässt du es dir gut gehen.«

Tom nickte.

»Uns hätte ein Rudel Wölfe angreifen können. Oder ein Bär.«

»Nicht auf meinem Land.«

»Setz dich ruhig«, sagte Russ und bot Milla einen der Sessel an.

»Ganz der Gentleman.«

»Ja, ich habe gute Manieren.«

Tom nippte an seinem Glas. »Hier draußen vergisst man seine Manieren schneller, als einem lieb ist.« Er lächelte und wandte sich an Milla. »Mir ist mal eine Jeans gerissen, als ich mit einem Freund gerade dabei war, das Dach zu reparieren. Ist schon länger her, ich hatte das Haus hier erst gekauft. Ich bücke mich also, um ein Werkzeug aufzuheben, da ist es auch schon passiert – ein Riss quer über den Arsch, man konnte fast die Backen sehen. Es war meine einzige Hose, und ich dachte natürlich, so kann ich unmöglich auf die Straße gehen, was denken die Leute dann von dir? Aber mein Freund winkte ab. Hier interessiert es keinen, sagte er. Und so war es auch. Später lud ich ihn als Dank zum Essen ein und saß mit zerrissener Hose im besten Restaurant der Gegend. Keiner hat es bemerkt.«

Milla zog ihre Jacke aus und legte sie über die Sessellehne. Das Feuer war halb heruntergebrannt.

Russ goss noch einen Schluck Moonshine in seinen Becher. »Hättest erwähnen können, dass ich der Freund gewesen bin.«

Tom nickte und leerte seinen Becher in einem Zug.

Sie schwiegen eine Weile.

»Da ist kein Hirsch«, sagte Russ dann und stellte die Flasche zurück auf den Tisch.

Tom öffnete die Schachtel *Old Port*, die auf der Sessellehne lag. »Ich weiß, dass er da ist.«

Russ antwortete nicht.

Milla hörte auf die Geräusche des Feuers. Der süßliche Duft des Tabakrauchs erfüllte langsam den Raum. Toms Stimme ein undeutliches Murmeln. Sie verstand das Wort Geschichte und schlug ihre Augen auf.

»Willst du sie hören?«

»Sie ist müde«, sagte Russ aus dem Hintergrund.

»Nein«, sagte Milla. »Erzähl die Geschichte ruhig, ich würde sie gerne hören.«

Tom lehnte sich in den Sessel zurück und nahm einen tiefen Zug aus der *Old Port.* »Es ist eine Geschichte, die sich die Lakota erzählen und die ich vor sehr langer Zeit gehört habe, als ich in einem Reservat eines ihrer Pferde behandelte. Es geht um einen Jungen, dem das ganze Dorf schon bei seiner Geburt eine große Zukunft als Jäger voraussagt. Sein Großvater baut ihm einen Bogen und einen guten Tomahawk und lehrt ihn von klein auf, wie man damit umgeht. Es war offensichtlich, dass dieser Junge eine besondere Begabung für die Jagd besaß, und als er schließlich volljährig wurde, ging er das erste Mal allein auf die Pirsch. Seine Eltern erwarteten ihn noch am gleichen Abend zurück. Als er aber am dritten Tag nicht zurückkehrte, berief das Dorf eine Versammlung ein und wählte die besten Fährtenleser aus, die seine Spur finden sollten. Sie befürchteten, dass ein verfeindeter Stamm ihn angegriffen und vielleicht sogar getötet haben könnte. Also folgten die Scouts seiner Spur, die in eine Gasse am Fuß eines Berges führte. Sie suchten die ganze Gegend ab, fanden aber weder den Jungen noch weitere Spuren. Am Abend kehrten sie ins Dorf zurück, um den anderen zu berichten, und als sie alle zusammensaßen, öffnete sich plötzlich das Tipi, und da war der Junge! Sie ahnten, dass ihm etwas zugestoßen sein musste, und riefen die Ältesten, damit der Junge ihnen seine Geschichte erzählen konnte. Zuerst war der Junge auf der Jagd nach Wild gewesen und kampierte schließlich am Fuß des Berges, um dort auf die Dämmerung zu warten. Auf einmal hörte er ein Rauschen in der Luft, und in dem Moment, in dem er aufblickte, packte ihn etwas. Es war der größte Adler, den der Junge jemals gesehen hatte.« Tom nahm den Becher vom Tisch und trank einen Schluck. »Er wollte sich aus dem Griff der Krallen befreien, aber der Adler war einfach zu stark, also ließ er es geschehen, und sie flogen davon. *Ich weiß, dass du ein großer Jäger bist, und ich brauche deine Hilfe,* sprach der Adler. Sie landeten im Nest, wo zwei Junge warteten, die natürlich erst mal große Angst vor dem Jäger hatten. Die Adlermutter jedoch beruhigte die Kleinen und erklärte dem Jäger, warum sie ihn auserwählt hatte.« Tom schüttelte den Kopf und lächelte. »Sie versuche schon seit vielen Jahren, an diesem Berg ihre Jungen großzuziehen, aber immer wenn sie ein gewisses Alter erreicht hätten, käme ein Ungeheuer, das die Jungen töten und fressen würde. Und er solle das Ungeheuer nun für sie töten. In der Abenddämmerung erkannte der Jäger die Fährtenleser seines Stammes am Fuß des Berges, doch sie waren zu weit entfernt, sie konnten ihn nicht sehen oder hören. Im Morgengrauen des nächsten Tages flog die Adlermutter laut kreischend über dem Nest auf und ab, das Ungeheuer sei bereits auf dem Weg und habe den Berg gleich erreicht. Die Jungen kauerten sich ängstlich hinter den Jäger, der Pfeil und Bogen bereit machte, und dann erhob sich wie aus dem Nichts ein riesiger Kopf neben dem Felsen. Der Jäger zielte und schoss, ohne nachzudenken, genau wie es ihm sein Großvater beigebracht hatte, und sein Pfeil traf das Ungeheuer zwischen den Augen. Es bäumte sich ein letztes Mal auf und stürzte dann die Klippe hinab, und da erkannte der Jäger, dass es sich um eine riesige Schlange handelte. Die Adlermutter stimmte ein Ehrenlied für ihn an. Deine Kraft wird groß sein, sang sie, dich wird keine Gefahr treffen, solange du lebst. Dann brachte sie ihn zum Fuß des Berges, und der Jäger kehrte unversehrt in sein Dorf zurück.«

Russ nahm die Flasche vom Tisch.

»Solange der Löwe nicht das Schreiben lernt, wird immer der Jäger die Geschichte erzählen.«

»Eine Mutter tut alles, um ihre Kinder zu beschützen.« Milla richtete sich im Sitz auf. »Eine Mutter würde alles tun.«

Tom legte noch ein paar Holzscheite in den Kamin. »Russ«, sagte er dann und zeigte mit einer Geste auf einen Umschlag, der auf dem Tisch lag. »Für dich.« Russ beugte sich nach vorne. »Wofür?«

»In der Scheune steht, was ich nicht mitnehmen kann. Vor allem Möbel. Dann der Acadian. Oben im Schrank ist der Repetierer von Savage und ein altes .30-.30. Von allem, was du verkaufst, behältst du das Geld. Das«, sagte Tom und nickte Richtung Umschlag, »ist ein Vorschuss für deine Arbeit.«

Russ legte den Umschlag zurück auf den Tisch.

»Florida«, kam ihm Tom zuvor. »Meine Tochter hat dort ein Haus gekauft, und ...«

»Deine Tochter?«

Der Wind presste hart gegen die Fensterscheibe. Russ nahm nur die Flasche mit. Milla hörte noch, wie die Tür hinter ihm ins Schloss fiel. Tom sank zurück in den Sessel. »Er wird sich beruhigen. Er beruhigt sich schon wieder. So ist es immer.«

19
RUSS

Manche Nächte werden zu Erinnerungen.

Ich saß damals auf der Veranda vor meinem Haus und rauchte die letzte Zigarette des Tages, als ich laute Motorengeräusche von der anderen Seite des Flusses hörte. Oft waren es nur Jugendliche aus der Stadt, die nach ein paar Bier zu viel über die Schotterpisten rasten. Daran hat sich in all den Jahren nichts geändert. Der Rausch der Geschwindigkeit und die Verlockungen der Nacht passen halt sehr gut zusammen, wenn man jung und dumm ist.

Es war ein blauer Ford Courier. Hinter dem Steuer ein hagerer Typ mit hoher Stirn und langen Haaren. Er stieg aus und blieb vor der Veranda stehen. Der Schein der Öllampe tauchte ihn in ein unheimliches gelbes Licht. Er trug eine Nickelbrille auf der Nase, sein Poncho reichte ihm bis zu den Knien. Ich hatte ihn noch nie zuvor in der Gegend gesehen. Er fragte mich, ob ich Russ Graham sei. Ich antwortete ihm, dass ihn meine Antwort hundert Dollar kosten würde. Er lachte nicht. Er sei Tom Bines und der neue Tierarzt in Burks Falls. Ein Schwarzbär habe seine Pferde so sehr verschreckt, dass sie aus der Koppel entlaufen seien. Jetzt benötige er die Hilfe von jemandem, der sich in der Gegend gut genug auskenne. In der Stadt habe man ihm als Allererstes den Namen Russ Graham genannt. Ich erinnerte mich, den Namen Bines irgendwo schon einmal gehört zu haben. Als ich nachfragte, erzählte er mir, dass er ursprünglich aus Chatham in New Brunswick stamme und sein Cousin Jerry entlang des Miramichi ein bekannter Mann gewesen sei, über den man sogar ein Buch geschrieben habe.

Wir fuhren trotzdem in meinem Truck.

Er besaß damals vier Pferde. Zwei braune Cheval-Stuten fanden wir unweit der Koppel. Sie standen verängstigt hinter einem Busch und ließen sich ohne Schwierigkeiten einfangen. Der Morgan hatte es bis zu einem südlich gelegenen Arm des Magnetawan geschafft. Dort watete er unruhig durch das flache Wasser. Sein beigefarbenes Fell glänzte im Licht unserer Taschenlampen. Tom hatte ihn *Runaway* getauft, nach dem Gedicht eines berühmten Poeten, von dem niemand außer ihm jemals etwas gehört zu haben schien. Er besänftigte das Pferd, indem er seinen Namen flüsterte und ihm immer wieder langsam über den Rist strich. Wir brauchten eine volle Stunde, um das Tier zurück in die Koppel zu bringen.

Auf dem Rückweg gestand er mir, dass er vergessen habe, das Futter ordnungsgemäß in der Scheune zu verschließen, und sich sicher sei, dadurch den Bären angelockt zu haben. Vom letzten Pferd keine Spur. Ich schlug vor, bis zum nächsten Morgen abzuwarten, um so das volle Tageslicht zu nutzen, aber das kam für ihn nicht infrage. Das letzte Pferd war ein Chilcotin, ein wilder Mustang, den er selbst gezähmt hatte und der ihm deswegen besonders ans Herz gewachsen war. Wir gingen die Umzäunung der Koppel ab und suchten im angrenzenden Wald. Dann hörten wir das Signal des Güterzugs in der stillen Nacht. Ein langes Heulen. Der Himmel dunkel. Keine Sterne.

Ich nahm die 30-06 von der Ladefläche und schaltete die Taschenlampe wieder ein. Die Schienen kreuzten die River Road und verliefen ein paar Kilometer entlang des Magnetawan. Die Strecke wurde von Güterzügen befahren, manche davon zogen über hundert Waggons. Wir nahmen einen Trittpfad hinab zum Ufer und folgten dem Fluss für eine halbe Meile, suchten auf dem Kies zwischen Böschung und Schienen weiter. Der Hengst lag in einer Senke neben dem Gleisbett. Seine Vorderläufe zitterten. Dampfender Atem stieg aus den Nüstern empor.

Tom legte eine Hand unter die schwarz glänzende Wunde. Das Tier gab ein Raunen von sich. Ich blieb neben ihm stehen, bis er seine Taschenlampe ausschaltete. Er sagte, er könne es nicht selbst tun. Dann ging er über die Gleise zurück zum Fluss. Ich sehe ihn noch heute vor mir, wie er in der Dunkelheit am Wasser steht, die Hände in den Taschen, den Kopf gesenkt.

Es ging schnell. Danach sog ich die kalte, klare Nachtluft in meine Lunge und entlud das Gewehr. Wir gingen neben den Gleisen zurück zu seinem Haus. Er holte eine Flasche Crown Royal aus der Küche und erzählte mir dann, dass Mustangs älter als dreißig Jahre werden können. Ich hatte keine Ahnung von Pferden. Ich sagte ihm nur, dass ich mich am nächsten Tag um alles kümmern werde.

Im Morgengrauen holte ich meine Kettensäge aus der Scheune. Es war ein schönes Tier. Dreihundertfünfzig Kilogramm Sehnen und Muskeln. Glänzendes Fell. Ich trennte zuerst den Kopf vom Rumpf ab, danach die Läufe. Das Fleisch war hart, die Totenstarre hatte bereits eingesetzt. Ich brauchte volle zwei Stunden. Ich legte die Teile auf die Ladefläche meines Trucks und entsorgte sie tief im Unterholz. Nach ein paar Tagen bin ich noch einmal zu der Stelle zurückgekehrt und habe nachgesehen. Es waren nur noch Knochen übrig.

Wir haben nie viel gesprochen. Daraus bestand unsere Freundschaft. Jahrzehntelanges Schweigen. Tom hat diese Nacht nie wieder erwähnt. Er tat einfach so, als sei nichts geschehen. Viele Jahre später hat er mich einmal mitten im Winter zu einer abgelegenen Stelle in den Wäldern geführt und mich gefragt, was ich sehe. Ich sehe den verdammten Wald und sonst nichts, habe ich geantwortet. Da hat er gelacht und auf ein Loch in der Schneedecke gezeigt, nur ein paar Schritte von uns entfernt. Er legte den Finger über die Lippen, ließ sich auf die Knie fallen und hielt sein Ohr ganz knapp über das Loch. Ich legte mich neben ihn und hörte ein dumpfes Schnarchen tief aus der Erde. Das ist ein Bär im Winterschlaf, flüsterte Tom, und dann roch ich das Fell, kotig und warm. In seinem Gesicht ein Lächeln, das ich selten an ihm gesehen habe.

Ich saß im Wintergarten, als das Telefon läutete. Es war eine junge Stimme, die Stimme einer Frau. Als sie mich fragte, ob ich alles verstanden hätte, schloss ich die Augen. Helen Popov hatte ihren Letzten Willen aufgeschrieben, und mein Name wurde genannt.

20
MILLA

Milla klopfte mit der flachen Hand auf die Motorhaube. »Wir sollten meinen Sierra nehmen.«

»Auf keinen Fall.« Russ öffnete die Fahrertür des Fargo, stellte das mit Gafferband zugeklebte Paket auf den Sitz und blickte über seine Schulter. »Aber ich glaube, allein würde ich das nicht schaffen.«

Sie winkte ab.

»Sind mehr als fünf Stunden nach Sault Ste. Marie«, sagte er. »Ist eine schöne Stadt. Direkt am Großen See.«

Sie fuhren noch in der Dämmerung los. Schnee türmte sich an den Straßenrändern auf. Die Häuser entlang der River Road noch dunkel und still. Russ ließ das Radio ausgeschaltet.

Milla schraubte den Verschluss von der Stanley.

»Riecht gut«, sagte Russ.

»Ich kann fahren, wenn du willst.«

Er schüttelte den Kopf und zündete sich eine Zigarette an.

Der Kaffee war heiß und stark. Sie nahm einen Schluck und reichte Russ den Becher. Er legte seine Zigarette im überfüllten Aschenbecher ab. »Ich wusste nicht, dass er eine Tochter hat«, sagte er und hielt den Becher in der offenen Hand. »Und ich kenne ihn seit dreißig Jahren.«

Der Gestank von angebrannten Filtern und heißer Asche machte sich im Fond breit. Milla öffnete das Seitenfenster.

»Ich wusste wirklich nicht, dass er eine Tochter hat«, wiederholte Russ und nahm dann den ersten Schluck.

»Jeder hat Geheimnisse.«

Russ nickte. »Mein Vater sagte, dass jeder Mensch im Grunde zwei Leben hat – eines für die Welt da draußen und eines für sich selbst, das niemand anders kennt. Ich dachte immer, Tom ist mein Freund.«

»Er *ist* dein Freund«, sagte Milla und nahm ihm den Becher ab.

»Es fühlt sich an, als wäre er ein Fremder.«

»Man bleibt immer irgendwie ein Fremder«, sagte sie und nahm einen Zug aus der Zigarette.

Die Sonne ging hinter dichten Nebelfeldern auf. Russ nahm die erste Abfahrt hinter Parry Sound. »Wir frühstücken«, sagte er und bog auf eine einspurige Landstraße ab. »Aber ich vertraue den Läden an der 11 nicht. Schlechtes Essen. Zu teuer. Am See gibt es einen Grill, der die besten Rühreier in Ontario macht.«

Die Straße führte durch einen dicht bewaldeten Park. Hinter einer langen Kurve öffnete sich die Sicht. Die glatte, dunkle Oberfläche des Sees reichte bis zum Horizont.

»In den Sechzigern war die Bucht mal komplett zugefroren. Im Februar oder März, ich kann mich nicht mehr erinnern. War ungewöhnlich warm für die Jahreszeit gewesen, dann wurde es schlagartig wieder kalt, nur fiel einfach kein Schnee.

Das Ganze dauerte nicht länger als ein paar Tage.« Russ zeigte auf eine Marina am Ende der Straße, die Boote vertäut und winterfest gemacht. »Das Wasser speichert die Wärme über den Winter, deswegen frieren solche Massen nur selten zu. Damals waren alle draußen, ein richtiges Spektakel. Du gehst wie auf Glas, siehst die eingefrorenen Sauerstoffblasen im Eis, und manchmal knackt und knirscht es.« Er lachte. »Heute würde ich mir wahrscheinlich alle Knochen brechen.« Russ parkte vor *Glenn's Inn,* zog seine gefütterte Wolljacke aus und legte sie über das Paket, das zwischen ihnen auf der Sitzbank stand.

Der Gastraum war leer.

Russ ging auf einen Tisch mit Seeblick zu. Sie setzten sich an das Fenster und sahen auf das graue Wasser hinab. Milla faltete die laminierte Karte auseinander.

»Die Rühreier sind wirklich gut. Auch die Pfannkuchen mit Ahornsirup. Aber du kannst eigentlich alles essen.«

Sie nickte. »Ich kannte auch alle vernünftigen Raststätten in Deutschland. Man merkt sich ganz genau, wo sie einem nur den letzten Fraß vorsetzen.«

Russ legte den Autoschlüssel auf den Tisch. »Warum bist du eigentlich selbst gefahren?«

»Manche Dinge muss man selbst gemacht haben, um mitreden zu können.«

»Und was hat dein Vater gesagt?«

»Nichts«, antwortete Milla und sah kurz von der Karte auf. »Er kannte mich gut genug.«

Russ nahm ihr die Karte aus der Hand und schüttelte den Kopf. »Stur.«

»Ich habe das Fahren geliebt. Allein unterwegs, nur mit Zahnbürste und frischer Unterwäsche.« Sie presste die Lippen aufeinander. »Du lernst auf jeden Fall etwas über dich selbst.«

Ein untersetzter Mann mit weißen Bartstoppeln auf den Wangen erschien hinter dem Tresen. Er holte eine verbogene Lesebrille aus seiner Hemdtasche und setzte sie sich auf die Nase.

»Russ!«, sagte er und verengte seine Augen zu Schlitzen. Sein heiseres Lachen wurde zu einem Husten. »Dich hab ich lange nicht mehr gesehen.«

»Du weißt, wie das ist.«

Glenn ging auf den Tisch zu, zog dabei ein Bein nach.

Russ nickte zu Milla. »Wir haben letztes Wochenende geheiratet.«

Glenn lachte. »Ich bin zu alt für deine Lügengeschichten.«

»Nein, sie ist eine gute Freundin, die mir bei einer wichtigen Sache hilft«, sagte Russ und legte seine Hand auf die von Milla. »Wir sind auf dem Weg nach Sault Ste. Marie, und da wollte ich ihr den besten Grill Ontarios zeigen.«

»Ontario ist groß.« Glenn tippte auf die Karte. »Was kann ich euch bringen?«

»Russ empfiehlt die Rühreier.«

»Das tun alle«, sagte Glenn und stützte sich mit beiden Händen auf die Tischplatte. »Seit über vierzig Jahren mache ich Rühreier, und ich weiß nicht, was ich anders machen soll als alle anderen ... Salz, Pfeffer, ein Schuss Milch. Wie meine Mutter es mir beigebracht hat.«

Russ klopfte ihm auf die Schulter. »Du machst sie mit Liebe.«

»Wir sind alle besser, wenn wir geliebt werden«, sagte Glenn. »Ich bringe euch erst mal Kaffee.«

Milla legte die Karte zurück und faltete ihre Hände. In dem Raum war es kühl und still. Auf dem See sanfte Rippelwellen. Sie blickte zum Fargo draußen auf dem Parkplatz.

»Du mochtest sie sehr, oder?«

Russ lehnte sich zurück. »Sie ist in Sault Ste. Marie geboren. Auch das wusste ich nicht.«

Glenn kehrte mit zwei Bechern Kaffee zurück und stellte sie auf den Tisch. »Also, was kann ich euch bringen?«

»Rühreier und Pfannkuchen.« Milla nahm Russ' Blick auf.

»Dann zweimal Rühreier und Pfannkuchen«, sagte Glenn und kratzte sich mit dem Daumen am Kinn.

Milla wartete, bis Glenn in der Küche verschwunden war. »Wie lange kanntet ihr euch?«

»Was spielt das jetzt noch für eine Rolle?«

Russ legte ein Stück Würfelzucker auf seinen Löffel und ließ ihn im Kaffee versinken. »Zwanzig oder dreißig Jahre.« Er zuckte mit der Schulter. »Es kommt mir vor wie in einem anderen Leben.«

»Ja, das kann ich verstehen.«

Russ strich mit dem Finger über den Rand des Bechers. »Es ist, wie es ist, und niemand kann es ändern.«

Leise Musik drang aus der Küche. Das Geräusch von Pfannen, die hin und her geschoben werden.

»Am Telefon haben sie mir gesagt, dass sie noch einen letzten klaren Moment hatte«, sagte Russ und rührte mit dem

Löffel in seinem Kaffee. Er schüttelte den Kopf. »Ich wollte den Brief natürlich mitnehmen, um ihn die ganze Zeit bei mir zu haben, aber das war unmöglich, weil es jetzt ein offizielles Dokument ist.«

Glenn brachte die Teller mit Rühreiern und füllte ihre Becher mit frischem Kaffee. Russ stach mit der Gabel Löcher in die Pfannkuchen und ließ den warmen Teig den Ahornsirup aufsaugen.

Sie aßen schweigend. Sie waren immer noch die einzigen Gäste.

Der Motor summte im Leerlauf. Russ drehte die Heizung höher und zündete sich eine Zigarette an. »Und?«

»Die Eier waren gut«, sagte Milla und zog eine Zigarette aus der offenen Schachtel.

Russ nickte. »Nur weil man etwas seit vierzig Jahren macht, heißt es nicht, dass man es richtig macht. Aber Glenn weiß auf jeden Fall, was er tut.«

Die 69 an der Georgian Bay entlang des Nordkanals, hinter Sudbury auf den Trans-Canada-Highway Richtung Westen, immer weiter auf das Herz der Großen Seen zu. Sie rauchten und hörten Musik. Im Radio liefen Klassiker von John Cougar Mellencamp und Lynyrd Skynyrd. Russ hielt auf halber Strecke an einer Husky-Tankstelle, um Zigaretten zu kaufen. Sie passierten verlassen wirkende Kleinstädte, die Hauswände dunkel vor Nässe, Dächer voller altem Schnee. Die Landschaft wurde zerklüfteter.

Der St. Joseph Channel öffnete sich vor ihnen. Bewaldete Eilande und Steininseln wechselten sich in der grauen Drift ab. Tankstellen reihten sich hintereinander auf, *Sewell's Gas* und *Shell,* dann die im tristen Tageslicht grell leuchtenden Reklamen der Motels entlang des Highways. Milla sah die Stadt vorbeiziehen. Schachbrettartig angeordnete Straßen. Wenige Menschen. Die flachen Häuser entlang der Wellington St. West, in den Schaufenstern der Geschäfte und Drugstores brannte warmes Licht. Steelton. Buckley. Brookfield. Vorbei am Schleusenkanal und dem Walzwerk, dem Hafen und den Industrieanlagen. »Ich habe alles hier oben drin«, sagte Russ und tippte sich an die Stirn.

Sie verließen den Highway und fuhren auf der 550 weiter. Die Straße wurde einspurig. Mit Matsch bedeckte Felder. Ein einsamer Pferdestall. Die Landzunge senkte sich zur Küste hin ab. Russ parkte neben einer betonierten und in die Jahre gekommenen Aussichtsplattform. Er zog sich hinter dem Steuer die schwere Jacke an und öffnete das Paket mit seinem Taschenmesser. Dann legte er eine Hand auf den Deckel der Urne, ein schlichter Zylinder aus schwarzem Schamott.

Die Luft war klar und kalt. Der Himmel voller Schnee. Milla folgte Russ auf einem gewundenen Pfad, der an den Klippen vorbei zu einer spärlich bewaldeten Ebene führte. Über der Böschung erkannten sie in der Entfernung die rote Lackierung eines Leuchtturms. Russ hielt die Urne vor seiner Brust. Er ging langsam, die Schultern und den Rücken ganz gerade. Sie gelangten an eine ausladende Bucht, die sich in einer sanft geschwungenen Kurve um das Land formte. Das Wasser brandete gegen die Steine am Ufer und strömte über ihre raue Oberfläche hinweg.

»Hier«, sagte Russ und blieb stehen, den Blick auf eine von der Bucht abgehende Sandbank gerichtet.

Milla nickte.

Er strich mit den Fingern über den Behälter. »Ich weiß nicht, ob ich etwas sagen soll.«

»Willst du denn etwas sagen?«

Russ zuckte mit der Schulter. »Davon hat sie nichts geschrieben.«

»Dann ist es deine Entscheidung.«

»Ja«, sagte er und räusperte sich.

»Ich warte hier.«

Russ sah Milla am Rand der Bucht stehen, den Kopf vor der Kälte schützend in die Schultern gezogen. Eine Mantelmöwe flog landeinwärts über Bucht und Bäume hinweg. Er blickte ihr nach, bis sie nur noch ein schwarzer Punkt am Himmel war. Helen hatte ihm den Ort genau beschrieben. Gros Cap Bluffs. Bucht. Sandbank. Es hatte sich angefühlt, als würde er einen der Briefe seines Vaters lesen. Er hob den Deckel von der Urne, spürte den Wind im Rücken und hielt den Atem an.

Milla machte einen Schritt auf ihn zu. »Alles in Ordnung?«

Russ sah auf die leere Urne, die er immer noch in den Händen hielt. »Es war das Richtige«, sagte er und dann noch einmal: »Es war das Richtige.«

Milla strich ihm über den Jackenkragen und ließ ihre Hand auf seiner Schulter liegen.

»Das war es«, sagte sie leise. Danach schloss sie ihn in die Arme.

Sie hörten den Atem des anderen, spürten seine Wärme.

»Ich bin müde«, sagte Russ auf einmal und löste sich aus der Umarmung. »Ich muss mich setzen.« Er ging den Pfad zurück und blieb am Rand der Klippen stehen. Die Oberfläche ganz glatt und kühl an seinen Fingern. Er ließ die Urne fallen und wartete noch auf das dumpfe Geräusch. Dann drehte er sich um.

»Das hätte sie so gewollt.«

Sie standen nebeneinander und schauten hinab auf den See, ihr Atem weißer Dampf.

»Ich weiß nicht«, sagte Russ. »Wäre besser, du fährst.«

Als sie Sault Ste. Marie hinter sich gelassen hatten, setzte Regen ein. Russ lehnte mit dem Kopf an der Seitenscheibe, die Augen geschlossen. Der Highway eine lange Gerade. Milla suchte nach einem Sender im Radio.

»Ist das erste Mal, dass jemand anders den Wagen fährt«, sagte Russ, ohne die Augen zu öffnen. »Ich habe ihn nie verliehen.«

Milla schlug ihm mit der flachen Hand sanft auf den Oberschenkel. »Du schnarchst …«

Russ nahm sich eine Zigarette aus der Schachtel. »Das hören sonst nur Kojoten.«

Hinter Echo Bay wurde der Regen stärker. Tiefe Pfützen bildeten sich auf dem Asphalt. Die Straßenränder verloren ihre Konturen. Es wurde rasch dunkel.

»Was ist das?« Milla beugte sich über das Steuer und schaltete das Radio aus. Ein vibrierendes Surren drang aus dem vorderen Motorraum in den Fond.

Russ klopfte hart auf das Armaturenbrett. »Solange es nicht lauter wird, sollten wir uns keine Sorgen machen.«

Milla ließ das Radio ausgeschaltet und fuhr langsamer. Nach zwanzig Kilometern drang beißender Qualm aus den Lüftungsschlitzen. »Wahrscheinlich die Wasserpumpe«, sagte sie und bremste. Hinter der nächsten Kurve bog sie auf eine schmale Nebenstraße ab. »Riechst du das? Das ist Kühlflüssigkeit.«

Russ nickte und öffnete das Seitenfenster. Kalte Luft wehte hinein. Regen trommelte unablässig auf das Dach. Milla schlug den Kragen ihrer Jacke hoch, stieg aus dem Wagen und suchte den Hebel unterhalb des Kühlergrills. Als sich die Haube öffnete, gab der Motorblock ein Zischen von sich. Der Geruch nach warmem Öl. Sie beugte sich über den Grill und warf einen kurzen Blick in den Motorraum. »Es ist die Wasserpumpe«, sagte sie und setzte sich wieder hinters Steuer.

»Kommen wir damit noch nach Hause?«

Sie schloss die Fahrertür. »Damit kommen wir keine fünfzig Kilometer mehr. Wenn du die Pumpe nicht wechselst, kannst du den Motor vergessen.«

Die Windschutzscheibe beschlug mit kondensierter Feuchtigkeit.

»Okay«, sagte Russ dann. »Uns bleibt ja nichts anderes übrig.«

»Ich bringe dir kein Glück«, sagte Milla.

»Ist nur ein altes Auto.« Russ zeigte auf einen dunklen Gebäudeumriss am Horizont. »Wir folgen einfach der Straße.«

Der Wind wehte über den See und schnitt ihnen eisig ins Gesicht. Sie gingen mit großen Schritten, den Kopf auf die Brust gesenkt. Hinter dem Waldstück folgte eine schmale Brache. Verwischte Reifenspuren im Schnee. Auf der rechten Straßenseite konnten sie ein Haus mit rotem Flachdach erkennen, daneben ein Anbau mit hell lackierter Holzverkleidung. Von einem hohen Pfosten hingen Schilder in schräger Einfassung. In Kapitalen stand dort: *Campground. Propane. Sand Beach. Rentals.* Russ ging auf das größere Gebäude zu. Auf einer der geschlossenen Türen stand *Office.*

»Wir sehen nach, ob noch jemand da ist.«

Zwischen den Kiefern hinter dem Gebäude führte ein hügeliger Weg hinab zum Ufer. Mehrere verlassen wirkende Hütten säumten den leeren Strand. Der See grau und ruhig. Russ klopfte gegen die Holztür und wartete. Nichts passierte. Er blickte zu Milla und schlug dann mit der Faust gegen das Türblatt.

»Ja verdammt!« Die Stimme klang heiser und gedämpft. Ein kurzes Rumpeln. Schritte. Schließlich erschien ein eingefallenes Gesicht im Türspalt.

»Wir haben geschlossen«, sagte der Mann und rieb sich mit den Knöcheln über die tränenden Augen. »Nur die mit Dauerstellplatz kommen im Winter.«

Russ drehte sich um. »Unser Truck ist auf dem Highway stehen geblieben.«

»Franklin in Thessalon ist die nächste Werkstatt. Ich kann anrufen.« Er ging in den Raum zurück und ließ die Tür offen stehen. »Setzen Sie sich doch«, sagte er und zeigte auf zwei Ledersessel, die einander zugewandt vor einem großen Schreibtisch standen. Die Trophäe eines Weißwedelhirschs hing auf eine Holzplakette montiert an der Wand, daneben gerahmte Fotos von lachenden Personen und pittoresken Landschaften. Der Mann schob einen mit Kaffeeflecken übersäten Becher von einem Papierstapel.

»Was ist das für ein Wagen?«

Russ blieb vor dem Sessel stehen und legte eine Hand auf die Lehne. »Fargo, D-Serie.«

Der Mann hob die Augenbrauen. »Mein Vater ist auch mal einen gefahren«, sagte er. »Sweptline aus den Sechzigern. Sind eigentlich nicht kaputt zu kriegen.«

»Das dachte ich auch immer.«

Der Mann lachte und nahm den Hörer ab. »Man kann nicht immer Glück haben.« Er betätigte die Wählscheibe einhändig, lehnte sich im Sitz zurück und sprach mit leiser Stimme. Als er aufgelegt hatte, atmete er durch und sagte: »Jim kommt rüber und sieht sich den Wagen an.«

Russ nickte. »Okay.«

»Wahrscheinlich wird er das Ersatzteil nicht auf Lager haben.« »Wenn er die Pumpe erst besorgen muss, können Sie in einer der Hütten übernachten, das ist kein Problem.«

»Hoffen wir das Beste.«

Der Mann nahm die Papiere vom Schreibtisch, legte sie zusammen und sortierte sie dann in einen Registerschrank. »Solange kann ich nur lauwarmen Kaffee anbieten.«

»Ist verdammt kalt da draußen«, sagte Milla und ließ sich in den Sessel fallen.

»Und der Winter hat gerade mal begonnen ...« Der Mann

stand auf und ging zu einer Anrichte in der hinteren Ecke des Raumes. Dort standen eine Kaffeemaschine, mehrere Becher und ein halb volles Einmachglas frischer Bohnen. »Ich habe keine Milch und auch keinen Zucker.«

Russ wartete, bis Milla genickt hatte, und sagte dann: »Schwarz ist vollkommen in Ordnung.«

Der Mann stellte zwei Becher auf ein Tablett und holte die Kanne aus der Maschine. »Aus Sault Ste. Marie gekommen?«, fragte er und goss Kaffee in die Becher.

»Persönliche Dinge erledigen.« Russ nahm den ersten Becher und reichte ihn an Milla weiter. Der Kaffee war ölig.

»In den Wintern ist es ziemlich ruhig hier«, sagte der Mann und gab Russ den zweiten Becher in die Hand. »Ich gehe jeden Morgen runter zum See und trinke da am Strand meine erste Tasse.« Er lehnte sich an die Tischkante. »Wir haben letztes Jahr unser Haus verkauft, lag direkt an der Smelter Bay, ich konnte vom Küchenfenster aus die Frachtschiffe auf dem Huron sehen. Aber meine beiden Söhne sind jetzt erwachsen, der eine studiert in Toronto, der andere lebt in B. C. ... das Haus wurde einfach zu groß. Wir sind nach Chapleau gezogen.«

Russ nahm einen Schluck Kaffee und setzte sich in den Sessel, das Leder kühl und hart an seinem Nacken.

Sie warteten eine knappe Stunde. Dann hörten sie Motorengeräusche, die vor der Hütte stoppten.

»Ich glaube, das ist Jim.« Der Mann hob den Zeigefinger und sah von seinen Papieren auf. Eine Tür wurde zugeschlagen. Schritte im Schnee. Jemand hustete.

»Komm rein. Ist offen.«

Ein hagerer Mann mit speckiger Baseballmütze und klobiger Brille trat durch die Tür. Unter den Gläsern wirkten seine Augen klein und zusammengekniffen. »Terry«, sagte er und zog den Reißverschluss seiner Jacke herunter. »Ich bin so schnell hergekommen, wie es ging.«

»Sicher viel los in der Werkstatt.«

»Na ja, das Übliche eben in der Jahreszeit ... Ausbeulen, Lackschäden.« Er zuckte mit der Schulter und wendete sich an Russ und Milla. »Der Fargo die Straße runter, ja? Einfach stehen geblieben?«

»Der Motor hat Geräusche gemacht, dann kam Rauch aus der Lüftung.« Milla stand auf. Sie überragte den Mann um einen halben Kopf.

»Wahrscheinlich die Wasserpumpe«, sagte Russ und stellte den Becher auf den Tisch.

»Wasserpumpe«, wiederholte Jim und schob sich die Mütze in den Nacken. »Ich kann den Wagen abschleppen, ihn auf die Bühne heben und ein paar Anrufe machen. Danach sehen wir weiter.«

Russ nickte. »Wie stehen die Chancen?«

»Kann ich noch nicht sagen.« Jim nahm seine Brille ab und rieb sich über das Nasenbein. »Wasserpumpe ist kein seltenes Teil, da könnten wir Glück haben. Vielleicht kann man sie auch noch reparieren.«

Die Hütte war dunkel. Die Luft trocken und staubig.

»Im Winter stelle ich den Strom ab«, sagte Terry und strich mit den Fingern über die Fensterscheibe neben der Tür. »Ich habe ein paar Kerzen im Büro.«

Russ blieb in der Mitte des Raumes stehen. Ein einfaches

Bett. Niedrige Couch. Küchenzeile. Tisch und Stühle. »Das ist sehr freundlich.«

»Keine Ursache.« Terry winkte ab. »Ein paar Kilometer die Straße runter gibt es ein kleines Hotel. Das Restaurant dort hat noch geöffnet. Ich kann Sie hinbringen, wenn Sie wollen.«

»Bist du hungrig?«, fragte Russ und blickte zu Milla, die den Kopf schüttelte. »Danke trotzdem.«

»Ich hole einen Big Buddy und ein paar Decken.«

»Ist das Propan hier in der Hütte?«

»Unter der Spüle, aber die Flasche ist sicher leer.«

Russ öffnete die Schranktür und klopfte gegen den grauen Stahl des Behälters. »Ja«, sagte er und zog die Flasche am Griff auf den Boden.

Milla sah aus dem Fenster neben der Spüle. Die Männer gingen nebeneinander, ihre Schatten scharf umrissen auf dem hellen Schnee. Dann knöpfte sie ihre Jacke auf und streckte sich auf dem Bett aus. Spinnweben an der Decke. Ein kühler Luftzug auf ihrem Gesicht. Die Matratze war dünn und hart. Nach einer Weile stand sie wieder auf und zog die Wollmütze über den Kopf.

An einigen Ästen hingen noch letzte mattgrüne Blätter. Die furchigen Rinden der Bäume waren mit Eiskristallen überzogen. Sie ging nah am Ufer. Ihre Schritte wurden zu Spuren. Wellen rollten über das aufgebrochene Eis. Sie scharrte mit dem Stiefelabsatz im Schnee, bis sie sandige Erde erreicht hatte. Unter der Wollmütze hörte sie ein leises, hohes Rauschen, das Strömen des eigenen Blutes in ihren Ohren.

Russ wartete auf der Anhöhe. »Freundliche Leute hier«, sagte er und blickte zur Hütte. »Hat Sandwiches und Bier dagelassen.«

»Ich könnte ein Bier vertragen.«

»Irgendwo ist es sicher schon fünf Uhr.«

Sie gingen zurück zur Hütte. Russ setzte sich an den Tisch und packte die in Servietten eingewickelten Sandwiches aus. »Roastbeef.«

»Wirklich sehr freundlich«, sagte sie und drehte eine Dose Bier aus dem Plastikgebinde.

»Ist gut. Mit Senf.« Russ nahm noch einen Bissen. »Du kannst das Bett nehmen, mir reicht die Couch.« Er zeigte auf ein paar zusammengefaltete Decken, die auf der Matratze lagen. Dann schob er sich den Rest des Sandwichs in den Mund und ging zur Spüle. »Bevor wir den Heizer hier anmachen, will ich prüfen, ob irgendwo ein Leck ist.« Er zerrieb ein paar Tropfen Spülmittel zwischen den Fingern, drehte kurz den Wasserhahn auf und verteilte die seifige Masse um den Anschluss der Gasflasche. »Wirft keine Blasen«, sagte er nach ein paar Minuten und wischte die Flasche mit einer Serviette wieder sauber.

Er zeigte auf das zweite Sandwich, das unberührt auf dem Tisch lag. »Keinen Hunger?«

»Nein. Nimm es ruhig.«

»Sicher?«

Milla nickte.

Sie sahen durch das Fenster die Dämmerung anbrechen. Aus dem sauberen Weiß wurde körniges Grau. Russ trank den letzten Schluck Bier und zerdrückte die Dose. Danach sank er auf die Couch. »Hoffentlich kann er den Wagen reparieren.«

Milla rollte eine der Decken zu einem Kissen zusammen und zog die Vorhänge vor das Fenster. Ein letzter Streifen Licht drang durch den Stoff.

»Ich kannte sie über dreißig Jahre«, sagte Russ auf einmal. Er sprach in die Dunkelheit. Milla hörte, wie er sich auf der Couch bewegte, das Rascheln seiner Kleidung.

»Ich wusste, wer sie war. Das wolltest du doch wissen, oder?«

»Ja«, sagte Milla. Und dann: »Dreißig Jahre sind eine lange Zeit.«

»Vielleicht waren es auch vierzig Jahre.«

Milla legte sich auf die Seite, die kalte Wand im Rücken. »Du hast es ihr nie gesagt?«

Russ atmete durch die Zähne. »Warum fragst du, wenn du es schon weißt?«

Das grelle Licht eines Frontscheinwerfers schnitt durch die Nacht. Motorengeräusche. Gelächter. Milla legte die Wange auf ihre ausgestreckte Hand. Das Lachen kam näher. Jemand blieb vor der Tür der Hütte stehen. Ein Schlüssel fiel zu Boden. Betrunkenes Husten. Sich entfernende Schritte. Eine Zeit lang lagen sie schweigend in der Dunkelheit. Die Wärme aus dem Heizstrahler machte die Luft trocken und stickig. Russ' tiefes Einatmen, seine Silhouette. Dann schlug er die Decke zur Seite und suchte auf dem Tisch nach den Zigaretten.

Das Geräusch des Feuerzeuges.

Die schmal aufschießende Flamme.

Der himbeerrote Punkt der Glut.

»Was ist mit deiner Familie?« Russ streifte die Asche in einer der leeren Bierdosen ab. Rauch waberte durch den Raum.

Milla berührte die Wand mit den Fingerspitzen. »Mein Sohn wollte nie glauben, dass Kühe schlafen. Das war, als er noch ganz klein war, ein Kind«, sagte sie und drehte sich auf den Rücken. »Kühe schlafen nicht, sagte er, die schlafen nie, ich hab nie herausgefunden, wo er das herhatte. Ich sagte ihm, dass Kühe im Stehen schlafen und dass wir früher nachts auf die Weiden geschlichen sind, unter dem elektrischen Zaun durch, und dass wir sie dann im Schlaf umgestoßen haben und manche von ihnen die Weide runter sind, bis in den Bach sind die gerollt und erst im eiskalten Wasser aufgewacht, so habe ich ihm das erzählt, eine nette Lügengeschichte, er war ein kleiner Junge, ich hab ihm angesehen, dass er es wirklich geglaubt hat, und dann wollte er es natürlich ganz genau wissen ... so sind Jungs eben, da musst du aufpassen, was du sagst, ein Wort zu viel und ... wir haben uns einen Spaß draus gemacht, aber er hat nicht lockergelassen, und da habe ich ihn eines Nachts geweckt, und wir sind raus auf die Dörfer, im Auto ist er fast wieder eingeschlafen, aber irgendwann waren wir da, eine kühle Nacht, ich glaube, schon Oktober, Tau auf den Wiesen, ich habe den Hannes über den Zaun gehoben, und im Mondlicht haben wir sie dann gesehen, am Ende vom Feld lagen sie alle in einer Kuhle mit geschlossenen Augen, riesige Tiere, doch eins stand weiter weg, das hat nur gedöst, und Hannes hat ihm die Finger in die Nüstern geschoben, und da hat sie gemuht, und der Kleine hat sich erschreckt und sich auf den Hosenboden gesetzt, aber dann hat er doch gelacht, und ich habe ihm gesagt, du kannst nicht einfach eine Kuh umstoßen, die sind so schwer, das kann keiner, das siehst du doch, so stark ist niemand.«

»Ja, da hast du recht.« Russ lachte. »So stark ist niemand.«

Er nahm noch einen letzten Zug und ließ die Kippe in die Dose fallen.

Milla zog die Decke bis zur Brust. »Man lebt weiter. Was bleibt einem sonst übrig?«

Das Geräusch ihres Atmens. Wind, der an der Hütte vorbeistrich.

Stille.

21
RUSS

Ich träumte von weißer Asche, die auf meine Haut fällt. Ich wachte mitten in der Nacht auf und spürte jeden einzelnen Muskel in meinem Körper. Es war das erste Mal in meinem Leben, dass ich mich alt gefühlt habe. In der Dunkelheit wurde mir klar, wie kurz die Jahre geworden waren. Dass sie immer kürzer werden würden. Ich ahnte, dass der Traum etwas zu bedeuten hatte, etwas Wichtiges, aber mir fehlte die Kraft, um es herauszufinden. Ich schlief einfach wieder ein.

Am nächsten Morgen klopfte Terry an die Tür und teilte uns mit, dass Jim die Wasserpumpe aus einem alte Dodge in den Fargo eingebaut hatte. So würden wir auf jeden Fall bis nach Hause kommen. Sie hätten eben erst miteinander telefoniert. Terry fuhr uns in seinem Van nach Thessalon. Jim arbeitete da bereits an einem anderen Wagen, einem nagelneuen Ford. Der Fahrer war von der Straße abgekommen und in eine Schneebank gefahren. Der Kotflügel war eingedrückt. Der Kühlergrill abgerissen. Wir rauchten eine Zigarette draußen vor der Werkstatt und unterhielten uns über den kommenden Winter und die wieder einmal miserable Saison der Maple Leafs. Danach verabschiedete sich Terry von uns. Ich bedankte mich für all seine Mühen und bot ihm Geld an, aber er lehnte ab und meinte, wir sollten ihn einfach im nächsten Sommer besuchen kommen. Jim zeigte uns zuerst die defekte Wasserpumpe und bat Milla dann, sich hinter das Steuer des Fargo zu setzen und den Motor zu starten. Kein Rauch mehr aus der Lüftung. Ich zahlte ihm zweihundert Dollar für die Reparatur, ein Freundschaftspreis. Milla fuhr den ganzen Weg zurück. Wir hielten wieder bei Glenn, diesmal aßen wir Elchsteaks mit Ofenkartoffeln und einer selbst gemachten *hot sauce*. Es war ein sehr gutes Essen.

Tage kamen. Wochen gingen. Sie besuchte mich noch ein paarmal in der alten Schule. Der Frühling hatte sich da bereits angekündigt, überall der Geruch von köchelndem Ahornsirup. Wir setzten uns auf die Treppen, tranken schwarzen Kaffee und rauchten. Sie erzählte mir, dass sie sich ein Kanu gekauft habe und damit viel auf den Seen unterwegs sei. Danach sah ich sie immer seltener.

Im darauffolgenden Sommer verkaufte ich mein Geschäft an Big Chuck und beauftragte einen Makler, sich auch um das Haus zu kümmern. Er verkaufte es an ein junges Paar aus Toronto, das Alpakas züchten wollte. Ich bin nach Nova Scotia gezogen, in ein altes Steinhaus auf einer Landspitze, die wie ein ausgestreckter Finger in den Atlantischen Ozean ragt. Die Straße zu meinem Haus führt an einem kleinen Fischmarkt vorbei, wo ich oft frischen Hummer kaufe. Der Wind kommt hier aus dem Westen und bringt so dichten Nebel mit sich, dass er sich oft erst im Laufe des Tages wieder legt. Die Winter sind wärmer als auf dem Festland, aber es gibt öfters Regen und gewaltige Stürme. Die Menschen erzählen immer noch von Hurrikan Ginny.

Ich stehe jeden Tag am Strand und schaue auf das Wasser hinaus. Die Ferne. Das Flüstern der Wellen. Meine wenigen Nachbarn wollen ebenfalls in Ruhe gelassen werden, ich spreche nur selten mit ihnen. Einmal im Monat fahre ich nach Shelburne, eine kleine Stadt im Süden mit natürlichem Hafen und einer Werft. Ich beobachte eine Zeit lang die Schiffe und kaufe dann meine Vorräte, Tabak, Seife, solche Dinge. Auf der Rückfahrt halte ich noch an der einzigen Mall und schaue bei Sobeys vorbei. Es sind die gleichen Magazine, die Helen gelesen hat, Hochglanz und mit vielen bunten Fotos. Ich kaufe immer ein paar Ausgaben und lese jeden Artikel.

Jeden Morgen gehe ich zum Briefkasten vor dem Haus. Bevor ich nach Nova Scotia gegangen bin, habe ich meine Adresse auf einen Zettel geschrieben und ihn unter Millas Haustür geschoben. Auch von Tom Bines habe ich nie wieder etwas gehört. Vielleicht besuche ich nächstes Jahr Terry und gehe noch einmal zu der Stelle an den Klippen.

Mein Name ist Russ Graham. Ich wurde im Roblin Lake geboren und bin von allein ans Ufer gekrochen. Vielleicht bin ich zweihundert Jahre alt. Vielleicht auch älter. Das kann niemand so genau sagen. Irgendwann zählt man nicht mehr. Irgendwann zählt keiner mehr.

Ich komme aus kleinem Wasser und kehre in großes zurück. Ich werde vom Ufer aus durch die Wellen kriechen, das Salz in Nase und Haar, die schäumende Gischt im Mund. Die Strömung wird mich hinausziehen wie ein Stück Treibholz. Die Sonne wird einsam über mir stehen, ihr gleißendes Licht wärmt mich, bis ich schwerer und schwerer werde, und dann ist das Wasser still und dunkel und umfängt mich wie einen alten Freund.

22
MILLA

Eine letzte Zigarette noch, ich hab zu viel geraucht, das hat Remi ja immer gesagt, du rauchst zu viel, und trinken tuste auch zu viel, gedacht hat er aber: Du trinkst zu viel für ’ne Frau, das wollte der nur nie so sagen, weil er die Geschichten kannte, dass ich mal den einen oder anderen Fahrer untern Tisch gesoffen hab, und mein Vater meinte immer, alles, was die Milla kippt, das geht auf die Lebern der anderen, und da musste ich drüber lachen.

Russ sagte mal, der Winter ist nicht einfach nur eine Jahreszeit, sondern ein anderes Leben, und das hab ich auch in den Büchern gelesen, die mir der Hannes gegeben hat, ich hab sie nie ganz gelesen, weil mir immer die Augen zugefallen sind, wenn du von der Arbeit kommst, hast du nicht mehr die Muße, jeden Abend paar Seiten, das hat schon gereicht, so hab ich mich wenigstens gefühlt, als sei ich ihm nähergekommen, auch wenn ich nur die Hälfte verstanden hab, weniger als die Hälfte, um ehrlich zu sein, ich hab ihn immer bewundert dafür, so schwierige Wörter, da war er ganz anders als Remi oder ich, aber so soll es ja auch sein, die Kinder sollen klüger werden als man selbst.

Manchmal glaube ich, ich weiß nicht mehr, wie der Hannes ausgesehen hat, doch dann schließe ich nur kurz die Augen und sehe ihn genau vor mir, die dunklen Haare und die Narbe an der Stirn, von der er immer meinte, er könne sich nicht mehr dran erinnern, wie und wo er die herhat, Tomasz' Mutter hat's mir dann erzählt, Mutprobe im Wald, er war nur zu stolz, mir die Wahrheit zu sagen.

Hannes sah Remi immer ähnlicher als mir, ich glaube, es gibt eine Zeit, in der Söhne ihren Vätern ähnlicher werden, ob sie es wollen oder nicht, nicht nur vom Aussehen, sondern auch wie sie reden, was sie denken, und da entscheidet sich dann, wie es mit ihnen weitergeht, manche suchen ein Leben lang nach der Anerkennung ihrer Väter und gehen daran kaputt, andere werden wie dressierte Hunde, nur ganz wenige werden eigen und bleiben eigen. Mein Vater sagte immer: Die Milla, die hat uns der Teufel gebracht, aber er hat es so gesagt, dass ich wusste, wie er's meinte.

Für eine kurze Zeit dachte ich, Hannes wird vielleicht ein bisschen wie der Remi, Fußball, Kneipe und Billard, aber ich habe ihm ja doch immer angesehen, dass er woanders war mit seinem Kopf, wenn er mit den Jungs unterwegs war, dass er nie dazugehörte und das auch im Grunde nicht wollte, eine Mutter sieht das, eine Mutter sieht so was einfach, und da habe ich gesagt, er soll machen, wie und was er will, ich habe gesagt, mach, wie du meinst, es ist dein Leben, und du hast nur das eine.

Ich erinnere mich noch ganz genau, wie der Remi damals, als ich mit Hannes schwanger war, immer erzählt hat, was er mit seinem Sohn nicht alles machen wird, ein großes Abenteuer, Vater und Sohn, Cowboy und Indianer, und dann kam es anders, aber die beiden waren oft draußen an der Sieg bis morgens früh, da mussten sie nicht viel reden und hatten was in der Hand, 'ne Flasche Bier oder die Angel.

Ich weiß auch noch, wie ich nicht sprechen konnte, wie ich nichts sagen konnte, tagelang konnte ich einfach nichts sagen, ich kannte die Wörter, ich hatte sie ja nicht vergessen, aber es ging nicht, es ging einfach nicht, es war, als hätte ich das Sprechen verlernt, da war nur Stille, niemand sagte was, und ich denke und ich glaube, über etwas, das man nicht versteht, da kann man auch nicht sprechen, und so ist es ja auch gewesen, niemand hat es verstanden. Du kannst einen Menschen nie wirklich kennen, auch wenn er dein eigen Fleisch und Blut ist.

Und nach ein paar Wochen, da dachte ich – nein, es war doch *er*, er war es, der den einfachen Weg genommen hat. Wir haben ihn jedenfalls nicht so erzogen. So schwach, denn das war er doch, oder?, schwach war er, das habe ich gedacht, und im gleichen Moment hatte ich Angst, ich hatte solche Angst, weil ich nichts tun konnte, weil ich nichts getan habe, ich bin seine Mutter, es ist meine Schuld, ich bin schuld, das dachte ich, und alle anderen dachten es auch, sie haben es nur nicht gesagt, sie haben es mir nicht ins Gesicht gesagt, aber ich hab's gespürt, dass alle das dachten, auch Remi, ich hab es an seinen Blicken gesehen, manchmal brauchst du keine Worte, da reicht ein einziger Blick. Wir haben uns nie gestritten, auch danach haben wir uns nie gestritten, wir sind nie laut geworden, keiner hat geschrien, und keiner hat geweint, wir haben eigentlich nichts getan, gar nichts hat sich geändert, wir haben einfach weitergemacht, so als wäre nichts passiert, als wäre einfach gar nichts passiert, wir haben geschwiegen, doch das Schweigen macht was mit dir, es macht dich zu einem Fremden, du wirst dir selbst fremd, und dann ist jeder für sich, und jeder bleibt für sich, da ist nur noch Stille und Schweigen, du löst dich langsam auf, so fühlt sich das an, und irgendwann wachst du auf und weißt, wenn du weiter schweigst und weiter stillhältst, wirst du nicht mehr zurückkommen.

Du kannst nicht weglaufen, denn es ist alles noch da. Du weißt, welche Farbe seine Augen hatten, wie er als kleines Kind gerochen hat. Davor kannst du nicht weglaufen. Du musst dableiben, denn du lebst. Du bist es, der lebt. *Du* lebst.

23
MILLA

Der See liegt dunkel vor ihr. Der Mond spiegelt sich auf der Oberfläche, eine glatte, gelbstichige Sichel, vollkommen ruhig. Milla schiebt das Kanu vom steinigen Ufer, kniet sich auf den harten Rumpfboden und stößt sich vom Grund ab. Ihre Bewegungen geschmeidig, kräftig und bestimmt – lange, sich abwechselnde Züge, die das schlanke, tief liegende Kanu schnell vorantreiben. Der Uferstreifen wird schmaler, bis er verschwunden ist.

In der Mitte des Sees ist die Luft kühler. Sie umfasst den Schaft fester, das Kanu gleitet langsam durch die Dunkelheit. Der Bug zerschneidet den dünnen Nebel, der eine Handbreit über dem Wasser schwebt. Milla richtet ihren Oberkörper auf, die Muskeln sind ganz warm und entspannt. Der schwache Geruch von Balsamtannenharz erinnert sie an den vergangenen Winter.

Die Landschaft am anderen Ufer zeichnet sich gegen das Mondlicht ab, ein konturloses, graues Massiv. Das Kanu liegt im Gleichgewicht, die Rippen aus Zedernholz halten es in perfekter Balance. Sie lässt die Finger durch das Wasser gleiten und benetzt ihre Lippen. Eine Schnappschildkröte gleitet ins

Wasser, taucht in die morastigen Schichten ab. Die Sterne pulsieren in klarem Licht.

Als sie die Rieselstrecke erreicht hat, steigt sie in das knöcheltiefe Wasser und zieht das Kanu aufs Ufer. Die Insel ist ein schmaler Felsen, der sich eng um die Landzunge schmiegt. Feuchter Sand knirscht unter ihren Stiefelsohlen. Milla blickt die Uferlinie entlang, nimmt den Rucksack aus dem Kanu und folgt der Dünung auf die Anhöhe.

Sie schichtet Äste und Goldkraut zu einem Kegel. Die Flammen hält sie so klein, dass sie nur an den Rändern der Steine lecken. Sie spürt den Wind, der vom See herüberweht, und die Wärme des Feuers zugleich. Das Licht wird aus dem Osten kommen. Das starre Relief der Nacht schwindet. Die Umgebung wird zum Inventar der Gegenwart. Das Ufer eine geschwungene Linie, unterbrochen von Klippen, auf deren Hängen Sandbirken und Schwarzahorn dicht an dicht stehen. Dahinter ein Schatten, noch ohne jede Dimension, nur als dunkles Ganzes wahrnehmbar. Sie hört das Knacken der glosenden Flammen. Hinter dem Schleier der Nacht erscheinen die ersten Farben. Das Licht nimmt der Natur die Heimlichkeit, aber nicht ihr Geheimnis. Der Gesang eines Sumpfengels dringt über den See. Die Glut wird still. Eine späte Art des Feuers.

Mein Dank gilt: Markus Michalek, Benjamin Brückner (my personal Gordon Lish), Katrin Fieber, Karsten Kredel und allen anderen involvierten Personen bei Ullstein. Hans (Kanada-Ott) und Eleonore Jünger, Doris Jünger, Barnie, Pete, Decrepit Dan und all den anderen vom Flea Market in Sundridge.

Besuchen Sie uns im Internet:
www.ullstein.de

Wir verpflichten uns zu Nachhaltigkeit
- Klimaneutrales Produkt
- Papiere aus nachhaltiger Waldwirtschaft und anderen kontrollierten Quellen
- ullstein.de/nachhaltigkeit

MIX
Papier
FSC FSC® C014496

ISBN 978-3-550-05072-5

Umschlaggestaltung: Cornelia Niere
Titelabbildung: © Art Gallery of Ontario / Gift from the Reuben and Kate Leonard Canadian Fund, 1927 / Bridgeman Images
Satz: LVD GmbH, Berlin
Gesetzt aus Scala und Antonio
Druck und Bindearbeiten: GGP Media GmbH, Pößneck